결혼은
모르겠고
아무튼 "아이"는
있어요

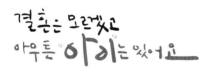

초판 2021년 07월 05일 1판 1쇄 발행

글 김도경, 땡스, 더한나, 망고, 박찬희, 세계, 수페, 은서, 이다해, 이덕분, 정나라, 최영, 풀, 하리보
편집·디자인 (주)스토리메이커

펴낸곳 (주)스토리메이커 | **펴낸이** 이미옥
출판등록 2017년 6월 30일 제 25100-2019-000075호
주소 서울시 구로구 개봉로23길 10, 607호(개봉동)
전화 070-4148-3858 | **팩스** 0504-361-4189 | **이메일** sales.storymaker@gmail.com
홈페이지 www.story-maker.co.kr | **블로그** blog.naver.com/storybloom0to100

ISBN 979-11-90884-06-8 03810

결혼은 모르겠고 아무튼 "아이"는 있어요

KUMFA storymaker

차 례

봄_
우리가 피우는 꽃봉오리

여름_
아이와 함께 시원한 냇가로 56

우리가
피우는 봄
꽃봉오리며

_____ 폈다

정 나 라

봄이 폈다

털옷 입은 겨울눈 위로
새싹은 파릇파릇 폈고
앙상한 나뭇가지 위로
새순은 도란도란 폈다

꼭꼭 숨어라
머리카락 보일라
누가 암술인지
누가 수술인지
누가 벌인지 모를 산수유꽃 위로
벌은 짧고 가는 다리를 폈다

겨우내 집에 있던 아이의 작은 발은
숲 놀이터에 통나무 위로 폈다

배시시 웃는 아이 덕에
추위 안고 달리던
엄마 마음 위로
배롱나무 꽃송이는
몽글몽글 폈다

오늘은
엄마 어깨에도 봄이 폈다

온통 봄

이 덕 분

노란 산수유로
하얀 목련으로

어두커니 새벽녘
아기 머리 위로 피어나는 꽃들

손끝으로 톡톡
봄꽃들이 터진다

아기 마음에 핀
너는 온통 봄

향긋한 냉이로
씩씩한 쑥으로

어슴푸레 저녁녘
엄마 발아래로 뿌리내린 새싹들

발끝으로 툭툭 툭툭
봄 새싹이 돋는다

엄마 마음에 핀
너는 온통 봄

4살, 고운 마음 사전

정 나 라

우리 가족은 엄마랑 나 두 개야. 그래서 우리는 오늘도 재밌지.
언제나 엄마랑 나랑 두 개가 있으면 마음이 말랑말랑해.
내일도 난 행복할 거야!

푹신푹신 구름

오늘은 날이 참 좋아!

집 창문에 얼굴을 대고 돼지 코를 하고 있는데 엄마가 드라이브를 가자고 하는 거야.

난 콧구멍이 벌렁벌렁 신이 나서 차에 탔어.

"엄마, 창문 내려도 돼?"

"그래."

"아, 바람은 간지러워!"

우리는 동시에 까르르 웃었어.

바람 손이 내 얼굴을 토닥토닥, 머리카락도 포르르 잡아당겨 함께 웃었지.

"엄마 엄마 구름이 푹신푹신해. 봐봐"

구름은 내가 제일 좋아하는 우리 집 하얀 솜이불 같았어.

"어, 엄마 구름이다."

엄마 얼굴을 닮은 구름이 나를 보고 웃었어.

"저기는 아기인형 구름이야. 아기 버스 구름도 있어! 여기 봐봐!"

구름이 모두 푹신해서 내 기분도 맑음이었지.

마음에서 뽀드득뽀드득 소리가 나는 것 같았거든.

"엄마, 그런데... 아빠 구름은 어디 있어?"

난 항상 궁금했었어.

엄마는 구름만 쳐다보며 눈만 끔뻑끔뻑했어. 고장 난 손전등 장난감 같았지.

"아빠 구름은 바빠서 여기 올 시간이 없대. 엄마도 어디에 있는지 잘 몰라.”

엄마는 나를 꼭 안고 이야기해 줬어.

난 엄마 말은 다 알지 못했지만 엄마 마음에 쿵쾅쿵쾅 고릴라 숨소리가 나는 건 알 것 같았지.

“저기 구름처럼 멀리 있어? 그래서 안 오는 거야?”

엄마는 고개만 끄덕였어. 난 저 멀리 구름을 한참 쳐다봤지.

“엄마, 나 저기 새가 되고 싶어. 새는 구름이랑 놀잖아.”

난 까치발을 딛고 하늘로 두 손 쭉 펴고 날아올랐어.

「민이의 고운 마음 사전」

푹신푹신 구름   우리 집에는 내가 제일 좋아하는 베개랑 이불이 있어. 그 베개랑 이불이랑 같이 잠을 자면, 포근해서 잠이 잘 와. 오늘은 구름도 내 베개랑 이불이랑 닮아서 푹신푹신했지. 아빠 구름을 못 찾았지만, 그래도 괜찮아. 엄마 구름이 날 보고 있으니까!

엄마와의 산책은 언제나 즐거워!

내 손이 엄마의 큰 손안으로 쏙 들어가 꼬옥 잡으면 참 따뜻해지거든!

산책길에 있는 나무도, 짹짹이도, 풀잎도, 돌멩이도 모두 모두 조잘
댔어.

나도 따라 조잘조잘 떠들어댔지.

"나무야, 나무야, 어디 아파?"

이파리가 하나도 없는 겨울나무가 허리를 굽혀 떨고 있었거든.

나는 쓰담쓰담 나무를 쓰다듬어주었지.

"응?"

무슨 소리가 나는 것 같아 나무 허리에 귀를 댔어.

"추워서 손이 꽁꽁 발이 꽁꽁 얼었어. 겨울바람 때문이야."

나무가 오들오들 떨면서 이렇게 말하는 거야.

"나무야 나무야 내가 안아줄게."

난 두 팔을 넓게 벌려 나무를 안아주었어.

하지만 나무가 너무 커서 꽉 안을 수가 없었어.

"민아, 엄마도 같이 안아줄게."

엄마는 내 등 뒤에서 나도 나무도 힘껏 안아주었지.

그러자 나무도 우리를 쓰담쓰담 안아주는 것 같았어.

"호오~"

나는 내 손바닥만큼 작은 가방에서 밴드를 하나 꺼냈어.

그리고는 나무 배꼽에 붙여주었어.

"나무야 나무야 이제 안 아프지?"

나무는 대답 대신 나뭇가지를 흔들흔들 흔들어 주었어.

나는 산책길 내내 입을 크게 벌려 '겨울바람' 동요를 불렀지.

"손이 꽁꽁꽁 발이 꽁꽁꽁 겨울바람 때문에~"

「민이의 고운 마음 사전」

쓰담쓰담 나무

봄에 나무는 아가 연두랑 같이 있어. 여름에는 언니, 오빠 초록이랑 같이 있지. 가을에는 엄마, 아빠 노랑 빨강이랑 함께 있어. 겨울이 되면 모두 사라져버려서 나무가 아프대. 그래서 내가 쓰담쓰담 나무와 같이 놀래.

오늘은 공원 가는 날이야!

킥보드를 끌고 집을 나섰어.

우리 동네는 길쭉이 키다리 아파트가 아주 조금 있어.

대신, 숲속 난쟁이 빌라와 신기한 가게들이 가득하지.

그리고 킥보드를 마음껏 타기에는 자동차가 많은 동네야.

"민아? 차가 쌩쌩 달려와. 킥보드를 씽씽 달릴 수 없어. 공원에 갈까?"

"좋아 엄마!"

공원까지 가는 동안, 난 지루할 틈 없이 바빴어.

"할머니, 안녕하세요?"

우선은 방앗간 백발 할머니의 고소한 참기름 냄새에 코를 냠냠대면

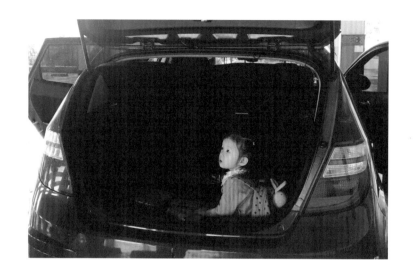

서 킁킁거렸지.

다음은 풍선 가게 앞 땡땡이 피에로에게 손을 내밀어 악수할 차례
야.

"피에로야, 안녕?"

바로 옆집 애견 숍 안에 엄청나게 큰 창문 너머로 곱슬머리 강아지
랑 할 이야기도 있지.

"잘 지냈어? 뽀글뽀글 멍멍아!"

이제 싱싱한 과일가게 앞이랑 작은 마트 앞이랑 큰 마트 앞이랑 지
나면 공원이야.

하지만 나는 공원 가는 길목에서도 킥보드가 타고 싶었어.

"엄마, 여기에서 킥보드 타도돼요?"

"천천히 타야 해!"

"좋아. 엄마!"

갑자기 부릉부릉 빠방이 한 대가 동네 길로 들어왔어.

순간 엄마가 내 손을 잡아당기는 바람에 나는 멈추었지.

"어? 응?"

부릉부릉 빠방이도 두 눈 반짝이며 나를 쳐다보더니 멈추었어.

그리고 눈을 찡긋 윙크를 하는 거야.

"엄마 엄마! 빠방이가 우리를 비켜 주는 거야? 우와 빠방이 멋지다. 멋진 빠방이!"

"엄마는 이렇게 고운 표현을 하는 우리 민이가 더 멋져! 고마워!"

엄마의 두 눈도 반짝거리며 나를 쳐다보고 웃었어.

「민이의 고운 마음 사전」

부릉부릉 빠방이

엄마가 알려줬는데, 부릉부릉 빠방이는 나보다 키가 커서 나를 잘 못 본대. 그래서 항상 내가 먼저 멈춰야 한다고 했어. 그런데 오늘은 부릉부릉 빠방이가 나를 잘 봤나 봐. 두 눈을 반짝이던 그 빠방이는 분명히 특별하고 멋질 거야.

팔랑팔랑 물고기

　오늘은 마트에 가는 날이야!

　마트에 가면 자동차 카트도 있고, 마트에 가면 젤리 나라도 있고, 마트에 가면 장난감 동산도 있고, 마트에 가면 두부 어린이집도 있고, 마트에 가면 바다 수족관도 있지.

　정말 많지!

　바다 닮은 수족관 안에는 큰 물고기들이 있어.

　"어! 엄마? 엄청나게 큰 대왕 물고기야."

　"큰 물고기들 이름은 방어랑 광어란다."

　엄마는 물고기들 이름을 알려주었어. 이름은 이상했지만 그래도 괜찮아.

　물고기는 내 친구야! 나도 목욕탕에서 어푸어푸 수영하는 걸 좋아

하거든.

"물고기야, 안녕?"

나는 물고기를 보고 인사했어.

"엄마, 물고기가 안녕하고 계속 손 흔들어. 저기 봐봐. 엄마도 인사해야지!"

"그래. 물고기야, 안녕?"

팔랑팔랑 물고기는 손을 계속 흔들어 주었어. 그리고는 입으로 뻐끔뻐끔 말도 했지.

유리 때문에 물고기 말이 잘 들리지 않아서 속상했지만, 그때 좋은 생각이 떠올랐어.

"엄마, 나도 바다에 들어가고 싶어!"

엄마는 대답 대신 내 손을 잡아당겼지.

"민아, 우리 이제 두부 친구들 만나러 갈까?"

사실 헤어지는 시간은 싫어. 무섭단 말이야.

하지만 난 두부 친구들도 좋아서 가보기로 했어.

"방뚱이랑 광뚱이야 또 만나~ 안녕!"

난 물고기에게 인사를 했지.

"안녕!"

팔랑팔랑 물고기도 나에게 손을 흔들며 인사를 했어.

너무 아쉽지만 그래도 괜찮아.

오늘 밤 꿈속에서 방뚱이랑 광뚱이를 만나 팔랑팔랑 바다를 헤엄칠 거거든.

나에게 무슨 말을 했는지도 물어볼 거야.

그래. 두부 간식도 가방에 잘 넣어서 매고 가야지.

「민이의 고운 마음 사전」

팔랑팔랑 물고기

우리 집에 있는 물고기는 작은 구피야. 꼬리만 팔랑거리지. 그런데 마트에 큰 물고기는 동그란 눈을 크게 뜨고 지느러미 손을 모두 팔랑팔랑 흔들면서 인사를 해. 내가 너무 반가웠나 봐. 그래서 나도 두 손을 물고기처럼 팔랑팔랑 흔들면서 인사했어. "안녕!"

오늘은 엄마와 빵집에 갔어!

나도 엄마처럼 장바구니를 들고 갔지.

장바구니 안에 작은 장난감 하나 넣어서 들고 가면 기분이 새콤달콤 더 좋아져.

엄마도 기분이 좋은가 봐.

"자자~ 마음껏 골라봐."

"언제는 한 개만 하잖아?"

"괜찮아. 오늘은 이 쿠폰이 있거든."

엄마 손에 든 마법의 쿠폰을 보자 내 두 눈과 두 손은 바빠졌어.

손이랑 눈이랑 몇 개 더 있으면 좋겠다는 생각이 들었지.

그리고 언니처럼 키가 커지면 좋겠다는 생각도 했어. 그럼 많이 잡

을 수 있잖아.

　그래도 난 두 손으로 해낼 거야.

　커다란 펭귄 젤리, 공주 음료수, 공룡 음료수, 그리고 딸기 아이스
크림까지 모두 하나씩 집어서 장바구니에 몽땅 넣었어. 그동안 꽤 먹
고 싶었거든.

　"우와~ 엄청 많다. 가득가득 장바구니야."

　'역시 내가 해냈어!'

　"엄마가 도와줄까?"

　"아니야 엄마 내가 들 수 있어. 엄마도 무겁잖아. 그러니깐 내가 할
게."

　"우와~ !"

엄마는 내 두 손과 두 눈이 해낸 일을 칭찬해 줬어.

키가 쑥 크는 것 같은 엄청난 기분이 들었어.

"엄마, 엄마도 힘들잖아! 그래서 나 하나 줘. 내가 들어줄게."

"고마워. 딸! 근데 말이야 너 지금 무겁지?"

'어, 엄마가 어떻게 알았지?'

"끙끙"

하지만 난 다시 해낼 거야. 난 힘이 대단하거든.

집에 들어가는 길에 내 엉덩이도 실룩샐룩 바빠졌어.

내 입은 노래를 흥얼거리기 시작했지.

가득가득 장바구니를 들고 집으로 가는 길이 제일 좋단 말이지!

「민이의 고운 마음 사전」

**가득가득
장바구니**

장바구니에는 한 개만 들고 가야 해. 왜냐하면 무겁거든. 오늘은 열 개나 들어갔어. 장난감, 젤리, 음료수 두 개, 아이스크림, 그리고 고운 마음, 흥얼흥얼 노래, 엄마의 칭찬, 내 엄청난 기분, 대단한 힘이 모두 모두 들어갔어! 그런데 열 개가 제일 커다란 숫자 맞지?

엄마의 딸이 되는 건 참 소중한 일이야. 마음이 고와지는 참 행복한 일이지.

푹신푹신 구름 속으로 날아갈 수도 있고, 쓰담쓰담 나무랑 이야기도 하고, 팔랑팔랑 물고기랑 바닷속을 헤엄칠 수도 있어.

그리고 부릉부릉 빠방이도 만날 수 있고, 가득가득 장바구니에 맛있는 걸 한가득 채워 넣을 수도 있지.

'오늘은 엄마랑 또 어디로 가볼까?'

내 마음은 오늘도 방 창문에 돼지코를 하고 기대할 거야.

_____ 세상에는 귀여운 것들이 너무 많아

땡스

엄마의 퇴근이 기다려져요.

"엄마, 나 어디 있게? 찾아봐!"

퇴근하고 들어오면 우당탕! 급하게 숨는 소리가 들린다.

"킥킥"

아이의 웃음이 과자 부스러기처럼 티가 나지만, 나는 모르는 척 언제나 새롭게 숨을 만한 곳을 살피며 또 찾는 시늉을 한다.

"어디 있나? 우리 땡스 보고 싶은데."

엄마 목소리에 더욱 신이 난 아이는 기다릴 수 없는지, 큰 목소리로 자신의 위치를 알리며 나왔다.

"짜잔! 엄마 나 여기 있었지~ 히히!"

그제야 우리는 서로를 얼싸안았다.

비록 반나절의 헤어짐이었으나 반가움을 진한 포옹으로 화답했다.

어느 날 텔레비전에서 흘러나오는 소리에 아이가 벌떡 일어났다.
"엄마, 이것 봐봐!" 하더니
처음 듣는 음악 소리에 맞춰 아주 신나게 춤을 추기 시작했다.

음악에 심취했다는 듯한 표정과 음악에 온몸을 맡기고 흔들며 "엄마 엄마 나 춤 잘 추지?" 하길래 박수를 쳐주며 잘했다고 한껏 웃어주었더니 동작을 멈추었다.

익살스러운 표정과 흉내 내기도 힘든 춤사위를 자주 선보이는 아이는 나에게 매번 큰 웃음과 힐링을 안겨준다.

언제나 엄마의 퇴근을 기다리며 내 웃음을 보고 나서야 만족하는 딸이다.

'엄마도 너의 유쾌하고 사랑 넘치는 애교가 매일 기다려져! 그래서 집으로 향하는 발걸음이 늘 신난단 말이지. 너는 나의 싱싱한 비타민이야!'

세상에는 귀여운 것들이 너무 많아!

"엄마, 난 동물을 봐주는 사육사가 되고 싶어."

아이는 장래 희망이 사육사이다.

그래서 가장 좋아하는 최애 프로그램인 'TV 동물농장'에 빠져서 매회 열렬한 시청을 하고 있다.

아이에게 동물은 너무 귀여워서 사랑할 수밖에 없는 어떤 운명의 존재로 생각하는 것 같다.

"아이, 귀여워~ 너무너무 귀여워!"

아이는 텔레비전 화면 속으로 들어갈 듯 동물에게서 눈을 떼지 못했다.

어느 날 실제로 동물을 마주치게 되었을 때 아이는 가던 길을 멈추고 좋아서 어쩔 줄을 몰라 했다.

계단에 걸터앉아 쉬고 있는 고양이를 만났을 때

"아이, 귀여워~ 너무너무 귀여워!" 하더니 아이는 고양이에게 자기 자신이 마치 고양이 엄마가 된 듯이, 사랑 가득한 눈으로 바라보며 쓰다듬어주었다.

고양이는 이내 어리둥절한 표정을 짓고 도망을 가버렸지만 아이는 고양이가 보이지 않을 때까지 쳐다보았다.

"야옹아, 어디 가?"

아이는 고양이가 사라진 곳을 끝까지 쳐다보며 아쉬움에 소리치곤 했다.

아이에게 사랑하고 귀여워할 대상은 이것뿐만이 아니었다.

하루는 집에서 할아버지가 자그마한 물건을 마룻바닥에 떨어뜨렸다. 그리고 다시 주웠지만 또 떨어뜨리는 실수를 했다. 그 모습을 지켜보던 아이는 웃음을 참지 못하며 말했다.

"엄마! 할아버지 봐봐! 하하 할아버지 귀여워~ 너무 귀여워!"

"허허"

민망해하던 할아버지도 덩달아 아이를 보며 아이처럼 귀엽게 웃고 말았다.

'네 눈에는 할아버지까지 귀여워 보이는구나.'

세상에 귀엽지 않은 것이 없는 애정 넘치는 아이를 보며 흐뭇한 마음으로 생각했다.

'나는 오히려 사소한 것에 웃음 지으며 행복해하는 내 딸이 이 세상에서 제일 귀여운걸! 우리 이 사랑스러운 마음으로 살아보자! 맑고 사랑 가득한 마음을 간직하며 애정 넘치는 웃음으로'

아이와 나는 서로를 마주 보며 한껏 올라간 입꼬리로 귀엽게 웃어
보았다.

인싸 누나가 뭐예요?

 어린이집에 아이를 픽업하러 가던 날이었다.
"어머니, 우리 땡스가 동생들을 너무나 잘 돌봐줘요."
 항상 친절한 웃음과 따뜻한 모습으로 반겨주시는 선생님이 나를 보자마자 아이의 칭찬을 늘어놓으셨다. 엄마인 나도 아이도 살짝 간질간질하고도 쑥스러운 마음이 들었다.
"아 그래요? 우리 딸 너무 장하네!"
 나는 아이를 보고 웃어 주었다. 그때 멀리서 우리를 지켜보고 있던 동생 반 아이가 뛰어나오며 인사를 했다.
"땡스 누나! 잘 가~아!"
 아이는 아주 다정하고 친절한 말투로 밝게 배웅해 주는 것이었다.
"어머나~ 다정해라~! 우리 땡스 아주 인기쟁이네 인기쟁이야!"
 그 광경을 보고 있던 선생님들도 밝고 청아한 말투로 땡스를 더 치켜세워 주셨다. 이러한 분위기에 아이는 살짝 쑥스러웠는지 "엄마 가자!"며 내 손을 끌었다. 아이의 귀여운 압박이 오늘따라 더 귀엽게 느껴졌다.

기분 좋게 아이를 좇아가며 생각했다.

'좋으면서 괜히 그런다~ 킥킥'

쑥스러워하는 아이의 반응이 귀엽기도 하고, 한편 자기보다 어린 동생들을 잘 돌봐주는 마음이 기특하기도 해서 아이에게 말했다.

"인기쟁이~ 인싸 누나야~ 엄마랑 같이 가자아~!"

나는 아이의 손을 잡으면서 말했다.

"오늘 땡스 덕분에 동생들도, 선생님들도 기분이 좋았나 봐."

"응. 내가 동생들이 해달라는 거 다 해주고 잘 놀아줬거든."

"와! 정말? 우리 딸이 이제 언니가 다 되었네? 그런데 동생들이 조금 귀찮게 하거나 땡스가 힘들면 억지로 하지 않아도 돼."

"괜찮아, 엄마 나는 동생들이 너무 예뻐!"

아이의 말에는 진심이 담겨져 있었고 무언가 어른스러움이 묻어나는 말투였다.

"와 우리 땡스가 엄마보다 낫네, 엄마는 아이들이 귀찮게 하면 너무 힘들던데. 역시 우리 딸 최고야!"

나는 엄지손가락을 한껏 치켜세워주고는 꼭 안아주었다.

"그런데 엄마! 인싸가 뭐야? 아까 엄마가 나한테 인싸 누나라고 했었잖아!"

"아, 인싸는 인기가 많아서 주변에 사람이 많고 다양한 매력이 있다는 뜻이야."

"와! 그럼 엄청 좋은 거구나? 고마워~ 엄마, 나에게 인싸 라고 해줘서."

"그럼~ 당연하지! 우리 땡스는 인싸 중의 인싸야!"

내 대답을 듣고 신난 아이는 두 다리가 통통통 튀어 오르는 스프링처럼 벌써 저만치 앞서가서 '엄마 빨리 오라'고 손짓하며 밝은 웃음을 지었다.

_____ 눈빛의 언어

더 한 나

숲속 길을 걸어갔다.

고소한 향기를 뿜내는 잣나무, 고집이 센 울퉁불퉁 소나무, 마음까지 시원해지는 향기 가득 편백나무가 보였다.

그밖에 이름 모를 오색 나무들 잎사귀 사이로 햇빛이 스며들어 자연의 샹들리에 같은 황홀함으로 눈이 부셨다.

발밑으로는 옹기종기 모여 이야기하는 조약돌들이 사랑스럽고, 갖가지 잡초들이 지나가는 길을 마련해 주었다.

"아, 좋다."

나는 맑은 숨을 크게 들이마시며 두 팔을 벌리고 나비가 팔랑거리듯 숲이 주는 에너지를 온몸으로 품어보려 했다.

숲속의 모든 존재는 각자의 모습을 뽐내며 자연 그대로의 아름다움을 웅장하게 표현했다.

그 웅장함 속에 무심히 자라나는 잡초들이 유독 눈에 띄기 시작했다.

가까이 다가가 잡초들을 유심히 관찰해 보았다.

잡초 사이사이에 자리 잡아 황금같이 빛나는 작은 별꽃들과 마주하게 되었다.

"어머, 정말 예쁘네. 애기별꽃아 안녕?"

나는 다리를 접고 앉아 고개 숙여 인사했다.

열악한 환경에서 애기별꽃이 수줍게 미소를 보이며 내 인사를 받아 주었다. 애기별꽃은 마치 별을 품듯이 연보라색 꽃잎을 가진 매우 작은 꽃이다.

애기별꽃의 아름다움을 보려면 낮은 자세로 눈을 맞추어야 온전히 볼 수 있었다.

'우리는 아기별을 품었어요!'

애기별꽃들이 마치 이렇게 얘기해 주는 것 같았다.

길가 잡초 사이에 자리를 잡아 피어나며 연약해 보였지만 자세히 보니 그만의 강인함이 느껴져서 경이로웠다.

나는 숲속에서 마주한 그 무엇보다도 애기별꽃의 사랑스러운 이야기를 듣고 있었다.

너무도 작고 어여쁜 꽃에 어쩔 줄 몰라 '예쁘다. 예쁘다.' 말하며 사랑 가득한 눈빛으로 바라보았다.

'너도 하찮고 작은데 열심히 사는구나! 정말 사랑스럽고 아름다워.'

마음속으로 애기별꽃에게 이야기를 건넸다.

애기별꽃을 가만히 들여다보니 나의 인생과 비슷하다는 생각이 들었다.

어쩌다 보니 험한 길가에 자리를 잡게 되었고, 수많은 사람에 의해 때때로 짓밟혀도 꿋꿋하게 지금껏 생명을 지켜내고 있는 모습이 그러했다.

'사람들은 눈빛으로 말을 하고 있어.'

나는 열일곱 살에 양육미혼모가 되고 나서부터 사람들의 눈빛을 통해 '정말 하고 싶은 말'을 헤아리게 되었다.

때로는 말보다 눈빛의 언어가 더 많은 것을 표현해 주었다.

어린 나이에 엄마가 된 나를 향한 어른들의 눈빛은 슬픔과 근심이 가득한 눈빛, 화가 난 눈빛, 어리석다는 눈빛, 답답하다는 눈빛, 깔보는 눈빛이었다.

그 눈빛들을 마주 보게 되는 날이면 온몸이 외로움에 사무쳤고 초라하고 우울한 기분에 휩싸였다.

'제발 그런 눈빛으로 보지 말아 주세요!'

그 눈빛의 언어를 향한 나의 외침은 눈물이었고 침묵이었다.

그렇게 열악하고 험난한 환경에서 엄마로 새 인생을 시작하면서 나는 딸아이와 함께 어른이 되어갔다.

이후 10년 정도 시간이 흘러, 나는 양육미혼모에 관한 석사 논문을 쓰기 위해 한 미혼모 보호시설을 찾아가게 되었다.

시설 담당자와 엄마들의 동의로 설문지는 어렵지 않게 받을 수 있었다.

설문지가 취합되고 홀가분한 기분으로 집으로 돌아가기 위해 현관문을 향해 걸어 나가는데 현관문 근처에 앳된 얼굴을 한 아기 엄마가 갓난아기를 안고 있었다.

따뜻한 햇살을 느끼려 주변을 산책하고 있는 것 같았다. 나는 아기 엄마에게 다가가 인사를 건넸다.

"안녕하세요?"

"안녕하세요. 선생님, 우리 아기 정말 예쁘죠?"

아기 엄마는 나를 외부 강사 선생님으로 인식한 듯했다.

나의 선 인사에 낯선 기색 없이 내 쪽을 향해 돌아 아기를 보여주며 반갑게 대답했다.

"갓난아기인가 봐요. 여자아이예요?"

"네. 태어난 지 얼마 안 됐어요. 여자아이예요."

"실례가 안 된다면 엄마는 나이가 어떻게 되세요?"

"저는 열다섯 살이에요!"

아기엄마는 씩씩하게 자신의 나이를 밝히며 감싸 안은 생명을 온몸으로 기뻐해하며 보여주었다. 나는 잠시 할 말을 잃었다.

이후, 미혼모가 되면 꼭 듣게 되는 질문을 나도 모르게 하고 말았다.

"우리 아기는 엄마가 키우기로 선택하신 거예요?"

"그럼요! 제가 키울 거예요. 우리는 함께 살 거예요!"

앞으로 살아갈 인생에 대한 근심보다는 뿌듯하고 자랑스러워하는 모습이 더 많이 보였다. 나는 만감이 교차한 채 아기 엄마를 향해 이렇게 대답을 해주었다.

"아기가 엄마를 닮은 것 같아요. 정말 정말 예뻐요!"

나는 비록 받아본 적 없었지만 진심 어린 응원과 축복의 마음을 담아 아기엄마에게 칭찬의 말과 눈빛의 언어를 표현하였다.

"고맙습니다."

아기엄마는 칭찬을 듣고 마치 애기별꽃이 밝은 빛을 감싸 안듯, 갓난아기를 꼭 안아 보였다.

나는 미혼모 설문지를 가슴에 품고 집으로 돌아가는 광역버스에 올랐다.

버스 의자에 앉아 창 바깥을 바라보며 한참을 멍한 상태로 생각에 잠겼다.

창밖으로 건물들과 사람들, 다양한 종류의 차들이 순식간에 지나갔다. 하지만 아기 엄마와의 만남은 여운이 남아 머릿속을 떠나지 않았

다.

'열일곱 살 때 내 모습도 아기 엄마와 같은 모습이었겠구나.'

나는 열일곱 살 때부터 타인으로부터 듣게 된 말과 눈빛을 회상하며 기억을 더듬어 보았다.

갓난아기를 놓치지 않기 위해 꽉 안아 보인 아기 엄마에게서 내 모습이 보였다. 지나간 과오를 없던 일로 덮으려 하는 두려움의 존재들과 싸워야 했다.

두려움은 매서운 눈보라처럼 나에게서 아이를 빼앗아 가려고만 했다.

그렇지만 나는 나라는 존재가 영원히 멸시를 당하더라도 내 아이만은 잃고 싶지 않았다.

휘몰아치는 눈보라 속에서 온 힘을 다해 맨몸으로 아이를 지켜내려 했던 시기가 있었다.

그렇게 하루하루 버티다 보니 끝나지 않을 것 같던 두려움도 어느덧 사라졌다.

아이와 함께 살 수 있어서 진심으로 기뻤다.

연약한 엄마지만 내 아이를 끝까지 지켜냈다.

'나는 아기 엄마의 선택에 뭐라고 말해주고 싶었을까? 어떤 눈빛의 언어를, 어떤 표정을 보이고 싶었을까?'

그렇게 스스로 질문하며 아기 엄마에게 미처 다하지 못한 메시지에 아쉬워하고 있었다.

"나도 이제 어른이 되었나 보네."

회상하며 혼잣말로 속삭였다.

아기엄마가 선택한 인생의 무게가 쉽지 않다는 것을 그 누구보다도 잘 알기에 안쓰러웠고, 또 내 아이를 내가 키울 수 있다는 기쁨을 알기에 잘했다고 말해주고 싶었다.

다만 그 두 가지 마음이 불쑥 들어와 순간 뭐라 말로 표현하기가 어려웠다. 하지만 응원하고 축복하는 눈빛만은 분명히 전하려 했다.

내가 정말 받고 싶었던 그 눈빛의 언어를 아기엄마에게 보낼 수 있어서 천만다행이었다.

쉽지 않겠지만 자신이 선택한 삶이 아름다운 인생으로 이어지길 마음속으로 진심, 깊이 축복했다.

어른이 되면 주어진 순간에 진실되기가 어려워지는 것 같다.

계산에 밝아지고, 아는 게 많아지므로, 진짜 소중한 것을 놓치게 되는 경우가 허다해지는 것이다.

다행히도 아기엄마가 인생에서 소중한 순간들을 놓치지 않고 있다는 것에 감사했다.

다른 한편으로 잃은 것도 있겠지만 아기 엄마는 부모로서 가질 수 있는 자부심과 아이를 통해 얻는 기쁨을 누릴 것이다.

아무런 희망이 보이지 않는 갈림길에서도 잘 할 수 있다는 신념은 목적지의 등불이 될 수 있다. 나 자신도 결핍이 많았던 인생 출발 지점에서 헤매었지만 어느덧 단단한 사회구성원이 되어 있다.

아기 엄마에게는 많은 지원과 지지가 필요할 것이다.

나도 한때는 내 힘으로 아이를 다 키웠다고 생각했고 남의 도움을 받는 것은 염치없는 짓이라 생각했다.

지금 돌이켜보니 애기별꽃이 피어나기까지 따뜻한 힘과 사랑을 나누고 간 이웃들이 내 인생 필름에 빼곡히 들어차 있다.

이 땅의 모든 생명은 그 누구도 혼자서 자립하는 존재는 없었다.

서로가 필연적으로 돕고 사는 숲속 친구들과 같다.

애기별꽃 옆에는 잡초와 조약돌 친구 등이 돕고 있고 그 모든 생명들은 아름다운 숲속 길을 만들어 주었다.

웅장한 숲속에서 나는 가장 낮은 위치에 자리 잡아 빛을 감싸는 애기별꽃에게 고마운 마음을 가졌다. 이 아름다움을 한껏 맞이하려면 자세를 낮추고 눈을 맞추어야 한다.

애기별꽃에게서 연약함과 강함을 동시에 느낀다.

숲속에는 별을 품은 애기별꽃도 있다.

그 작은 존재가 살아내는 사랑스러움에 희망과 용기를 얻을 수 있다.

그 작은 존재가
살아내는 우
사랑스러움에
희망과 용기를
얻을 수 있다

눈빛의 언어

쉼이 되는 집

망고

집이다...

고된 하루가 끝나고
터벅터벅 투박한 발걸음으로
도착한 내 집은
안식처고 쉼터였다
예전에는 그랬다

집이다~

이제 아이와 함께
아장아장 종종걸음으로
돌아온 내 집은
아침에 두고 간 설거지와
아이 장난감이 널브러진
쉼이 없어진 집이 되었다

흠···

벗어둔 아이 옷과 장난감
아침에 사용한 그릇 정리로
마음만 서두른 저녁 준비가
가끔은 울컥
가슴 벅참으로 돌아올 때도 있지만

흐음~

무심한 아이의 포옹 한 번이
하루치의 고됨을 녹이는
그냥, 그렇게 쉼이 되는 집이다

빨간 날엔 꼬르르륵

망고

빨간 날은
아무것도 안 해도 되는 날이다
오늘은 빨간 날
눈 감고 가만히 누워서
숨쉬기만 해도 되는
그런 날이다

꼬르륵
내 눈을 뜨게 하는 소리가 들린다
꼬르르륵
내가 챙겨주고 보살펴주지 않으면
안 되는 존재가 옆에 있다
빨간 날, 나를 깨우는
유일한 존재다

하음~

나는 누구?
여긴 어디?
나는 아기 엄마
여긴 아기 밥하는 주방
지글지글 비몽사몽
 보글보글 뚝딱뚝딱

꼬르르~

고놈 참!
병아리 부리 같은 작은 입술로
오물오물 귀엽게 잘도 먹네

참, 너란 존재는 보고만 있어도
절로 배가 부르다
하지만, 내 배는 꼬르르륵
참 정직도 하지

눈치 없는 나들이

망 고

날씨가 좋은 날엔
건조대 빨래 마냥
거실에 누워 있는 것이 최고다
햇살을 덮으면 잠이 솔솔 온다

가자~
아이가 내 팔을 국수처럼
길게 잡아당긴다
아, 난 집이 정말 좋은데...

강제 외출이지만
나들이는 아이도 나도 들뜨게 만든다
기저귀, 물티슈, 물통 등 한가득
아이 짐을 들고 나들이를 하다 보면
한 세트처럼 보이는 다른 가족이 보인다

문득 멈춰 서서 괜히
아이 눈치를 본다

엄마, 가자~
가끔은 눈치 없는 네가 참 고맙다
그래, 어흥 호랑이 보러 가자
호랑이 발걸음처럼 씩씩한 네가 있어
엄마는 참 좋다

가장 예쁜 오늘의 너

땡스

옹알옹알
옹알이를 시작할 때부터
잘 웃고 잘 울던
둥기둥기 내 사랑둥이

조잘조잘
말을 배울 때부터
입을 쉬지 않던
둥실둥실 내 사랑둥이

우리 엄마는 늘 예뻐
나도 엄마처럼 예뻐질래

아이는 화장대에서 볼 터치 톡톡
잘 익은 토마토처럼 입술은 반짝
엄마, 나 좀 봐봐
나 예뻐?

그럼,
너는 이 세상에 태어난 날로부터
네 모습 그대로 예쁘지
누군가 묻고 또 물어도
언제나 가장 예쁜 건
오늘의 너야

그렇다면 힘내 볼게

수 페

큰큼, 옥수수 냄새
아끼며 맡았던 어린이 땀내가
아들놈 정수리에서 사라졌네

어휴, 총각 냄새난다, 애
머리카락만 비비지 말고
머릿속까지 문질러줘야지

투덜투덜 씻고 나온 아들 뒤로
욕실 거울 뽀얀 김
뿌득뿌득 닦고 보니
또렷이 정직한 내 얼굴

언제 더 못생겨졌지?
중얼거렸더니

엄마! 무슨 말을!
엄마 못생기지 않았거든?

그, 그래?

그래! 예뻐 예쁜데
엄마보다 눈 크고 얼굴 작고
오똑한 코에 피부 좋은 사람들이
좀 많이 있을 뿐이야
엄마, 힘내!

그래 그런 거구나
못생긴 건 아니로구나
내 주름 괜한 게 아니고
너도 이제
어린이가 아니로구나!

동화 같은 꿈 주머니 _____

가라티를 떠나온 지 30년이 지났다.

늘 정신적으로 힘이 들 때마다 내가 살던 고향 꽃 피는 산골이 동요 처럼 떠오른다.

어린 엄마를 닮은 연분홍 진달래와 아이를 닮은 개나리가 울긋불긋 수놓은 천진난만 아름다운 곳이었다.

그래서인지 그 속에서 놀던 때가 마냥 그립다.

그때의 가난은 지금의 가난과는 다르게 상처 난 마음을 치유하는 힘이 있었다.

들판 따라 끝닿은 곳의 오르기 좋은 산은 뿌리 깊게 동네를 지키고 있었다.

그 산 앞의 들판은 봄, 여름, 가을, 겨울을 늘 성실히 피워냈다.

가난한 엄마의 저녁밥 짓는 소리와 굴뚝의 하얀 연기는 내일도 오늘처럼 무사할 것이라는 안심의 신호였고 엄마가 주는 그 신뢰 덕분에 깊은 잠을 청할 수 있었다.

집에서 혼자가 된 나른한 일요일 오전이었다.

계절 따라 변하는 들판을 지나 언덕 위 하얀 교회당 종소리가 울리기 시작했다.

"주는 나를 기르시는 목자요, 나는 주님의 귀한 어린 양. 철을 따라 꼴을 먹여주시니, 내게 부족함 전혀 없어라."

온 동네가 찬송가 소리로 가득했다.

'영혼 깊은 곳에서 너는 안전하단다.'

아무것도 모르는 꼬맹이였던 나에게 찬송가는 그렇게 말해 주는 것 같았다.

지금도 그 아련함은 너무나 포근하다.

찬송가의 가사들은 내 젊은 부모의 잦은 싸움으로 위태위태하고 불안했던 나를 위로해 주는 힘이 있었다.

일 년 중 가장 바쁜 5~6월 농번기가 오면, 이쁜 흙길 따라 집으로 향하는 내 발걸음에 심심하다는 말로는 다 표현 못 할 뭔가가 있었다.

집은 늘 비어 있었고 동네도 텅 비어 있었다.

그 이름 모를 감정은 지금 어른이 되어서 정의해보자면 외로움 그 자체였다.

쌉싸름한 쑥갓이 어설픈 대문 앞 텃밭에 뾰족 삐죽 잎을 내기 시작하고, 그 사이로 노란 꽃이 핀 자리자리마다 엄마가 보였다.

채소치고 꽤 이뻤던 쑥갓 꽃은 나의 외로움을 달래주는 향기가 있었고 맛이 있었다.

"누나~ 내 것까지 다 먹어~."

동생은 자기 쑥갓을 모두 나에게 덜어주었다.

엄마는 남편 닮은 아들이 싫다 하는 생쑥갓을 어린 딸이 좋아한다고 기특하게 여겼다.

그때는 왜 쑥갓이 좋은지도 모른 채 그렇게 바쁜 엄마 대신 쑥갓 꽃을 보며 그리움을 참을 수 있었다.

'아, 배 아파…'

무엇인가에 늘 두려움을 느꼈던 나는 배앓이를 달고 살았다.

뒤꼍 대나무 속 구미호도 무서웠고 밤이면 번뜩이며 움직이는 강아지, 고양이 눈들도 무서웠다.

"빨간 휴지 줄까? 파란 휴지 줄까?"

나는 귀를 막고 화장실에서 도망쳐 나왔다.

이런 소리가 들려오는 어둠 깊은 화장실 속의 귀신은 언제나 내 뒷덜미를 잡아당겨 댔다. 나는 귀를 막고 화장실에서 급하게 도망쳐 나오다가 넘어지기 일쑤였다.

그런 나에게 동네 품앗이로 바쁜 엄마의 부재는 한없는 그리움이 되었다.

어슴푸레 어둠이 동네를 덮고 있지만 돌아오지 않는 엄마로 인해 불안 불안했다.

'아빠 때문일지도 몰라.'

아침에 밥상 엎은 아빠의 난장판이 엄마를 쫓아낸 건 아닌지 걱정하며, 아빠가 집을 나가 영영 돌아오지 않는다고 해도 눈 하나 꿈쩍하지 않을 자신이 있었다.

그때부터였던 것 같다. 나는 꽃다운 나이 스물에 아빠를 따라나선 엄마의 길을 피하고 싶었다.

그래서 미혹에 빠지지 않을 나이, 마흔에 엄마가 되기로 했다.

"통통아, 엄마랑 봄에 만나자. 일찍 보고 싶어도 참아."

나는 배 속의 아기에게 속삭이듯 말했다.

통통하게 잘 자라고 이웃과 잘 통하는 사람으로 자랐으면 해서 태명을 통통이라고 지었다.

하지만 아기는 1kg도 안 된 채, 겨울에 태어났다.

몇 날 며칠 축제여야 하고 축복의 장소여야만 했던 그때 그 장소에 내 아기는 없었다.

"뇌 손상이 심각합니다. 뇌출혈 4단계입니다."

신생아 중환자실 주치의의 목소리는 로봇과 같이 딱딱했다.

의학용어에 대한 해석이 필요했다.

의사는 이때를 위해 있는 사람이었지만 그는 '뇌는 신의 영역입니다'라는 말만 반복했다.

"당신 인생은 끝장난 겁니다."

의사는 이렇게 말하는 것 같았다.

나는 내 아이가 13번의 수술을 할 것으로 생각해 본 적이 없었다.

다행히 아이는 겨울이 주는 혹독한 시련에도 기적처럼 살아 수많은 수술을 이겨내며 자신을 포기하지 않았다.

장애일망정 생명을 포기하지 않는 아이는 나를 보고 희미하게 웃어주었다.

그 경건한 삶에 대한 자세 덕분에 나도 서서히 정신을 차릴 수 있었다.

나는 오래전부터 꿈처럼 하얀 고래와 같은 아이를 만나고 싶어 했다.

그런데 계획은 다 틀어지고 있었고, 아이의 뇌성마비는 주치의 말처럼 '신의 영역'이었다.

결국 아이의 몸은 주삿바늘과 수술 흉터만 늘어났고 수많은 진단명이 쏟아졌다.

'아이 혼자 외롭게 이겨냈을 인큐베이터 속의 시간을 어떻게 하면 따뜻한 동화처럼 들려줄 수 있을까? 아픔과 눈물의 시간을 견뎌낸 내 아이를 위해 무엇을 선물하면 좋을까?'를 생각했다.

엄마인 나는 겁쟁이였고 울보였다.

도망치고 싶었던 순간순간마다 일으켜 세워준 건 오직 아픈 아이였다.

아이가 태어나 5년까지는 집이 없어도 될 정도로 끝없는 입원 생활의 반복이었다.

아이의 편안한 숨소리를 듣고 손과 발을 만지며 동화 같은 태몽을 들려주는 그 시간은 천국이었다.

산산이 부서질 것 같았던 인생을 아이와 다시 써 내려가는 시간이다.

"옛날 옛적 아주 옛날에…"

이야기는 그 오래된 옛날로부터 시작해야 제맛이다.

"호랑이 담배 피우던 시절에 말이야."

호랑이까지 불러들여야 시작되는 것은 아니지만, 내일 아침이면 수술실에 들어가야 하는 아이를 위해 기도하듯 들려주는 꿈 주머니 이야기다.

"엄마, 기도해 줘…."

"그래!"

이것은 우는 아이를 품에 안고 시작되는 우리의 이야기이다.

"엄마가 살았던 시골 마을 산꼭대기엔 예쁜 호수가 있었단다.

어느 날 해달별을 담고 있던 호수가 마을을 향해 쏟아지기 시작했어. 이상하게도 엄마는 해달별을 품고 있던 맑고 푸른빛으로 빛나는 호수를 두 팔 벌려 안았어. 호수마을은 하늘 같기도 하고 바다 같기도 해서 엄청 신기했어.

그 신비한 곳에서 무지개 조개를 잡고 진주도 엄청 많이 주웠어."

아이는 내 품에서 얼굴을 내밀었다. 진주처럼 맑은 눈이 빛났다.

"네가 좋아하는 벨루가 있지?

네가 흰고래를 좋아하는 건 아마 엄마 꿈 주머니에서 봤던 기억 때문일 거야."

"맞아! 엄마~ 나는 고래는 다 좋아! 그중에서 하얀 고래가 제일 좋아."

아이는 하얀 고래를 진짜 만난 것처럼 활짝 웃었다.

"하얀 고래 등에서 잠을 자기도 하고, 투명 물고기를 따라 하늘을 날다 비가 오면 비를 타고 바다 동네로 떨어져 해달별과 놀았단다. 이게 너를 맞이한 아주 멋진 꿈 이야기란다."

아이는 이야기가 끝나기도 전에 늘 품속에서 새근새근 잠이 들었다.

"그래. 이 꿈이 나를 늘 행복하게 했지."

평온의 메시지가 있는 태몽이었다.

인생이라는 소설 중, 나와 내 아이는 지금 어느 부분을 쓰고 있는지 모르겠다.

나의 바램은 오르막이 끝나고 동구 밖 과수원길 저편에서 까치발 들고 서 계실 엄마 품으로 걱정 없이 뛰어가는 것뿐이다.

　살아보니, 심청이는 팔자 사나운 아이가 아니었다.

　동네 전체가 심청이를 키워냈다. 더군다나 심청이는 효녀로 컸다.

　옆집 딸, 앞집 딸로 자란 심청이가 때론 부러웠다.

　너무 외롭고 힘들 때마다 나는 생각했다.

　'우리 아이의 두 번째, 세 번째 엄마가 되어줄 분은 없을까?

　우리 아이의 아빠, 형, 누나, 동생이 되어줄 동네 사람은 없을까?'

　늘 애매하게 금 밟고 있는 상태로 어정쩡하게 서 있는 사람 같았다.

　안도 아니고 밖도 아닌 채, 선을 따라가라고 강요당하는 것 같은 기분!

　젖동냥하고 키 쓰고 소금 동냥하러 다니며 밤마실 다녀도 좋을 담 없는 그런 곳은 이제 동화 속에서나 볼 법한 이야기가 되어버렸다.

　하지만 나는 우리 아이와 함께 그 동화 세상을 만들며 살고 싶다.

　나의 엄마가 나를 동화 속 꿈처럼 키웠듯, 나는 오늘 내 아들도 꿈 속 고래처럼 잘 크길 바란다.

　아들이 꾸는 꿈 주머니는 동화 속처럼 늘 나를 설레게 한다.

마음이 품은 자리

풀

여자에서 엄마가 되기로 마음먹은 지 벌써 4년이나 되었다.

학교 다닐 때는 시간이 그리도 지루하더니 5살 아이를 키워보니 바람처럼 그냥 지나간다.

내 아이에게 사랑을 주는 것이 나의 어린 시절 못 받은 사랑을 주는 것만 같아서 행복하다.

하지만, 밥 만들어 챙겨 먹이고, 장난감으로 놀아주다 치우고, 빨래하고 청소하고 돌아서면 또 반복, 할 일이 끝도 없는 것 같다.

때론 일상에 찌들어 사는 내 모습에 짜증이 난다.

한번 시작된 짜증은 습관처럼 되풀이되며 나를 짓누른다.

언제까지 이렇게 살아야 하나 한숨을 쉬며 스스로에게 물어본다.

'뭐가 하고 싶어서 짜증이 났어?'

매일 같이 내 할 일 하며 살다가 이제는 애만 보고 산다 싶어 가슴이 답답해졌고, 자꾸 그곳이 생각났다.

'아, 그곳에 가고 싶어. 그곳에 가면…'

내 마음속에는 생각만으로도 미소 짓게 되는 산골 마을에서의 추억이 있다.

겨울엔 눈이 엄청나게 내려 무진장으로 불리는 그곳은 마을다운 맛은 별로 없는 곳이었다. 산책한다고 길을 나서면 작은 풀과 나무로 온통 뒤덮인 다랑이 논 뿐인 곳이었다.

예전엔 농사짓던 땅이라 한다.

이제는 교통이 좋아져서 덜해졌지 서울에서 하루 2편 고속버스만 당도하는 그곳.

능선 사이사이 사연 있는 사람들이 제 몸을 감추듯 계곡 사이로 숨어드는 곳이다.

십수 년 전 마을에 큰 홍수가 나서 그나마 있던 동네 사람들도 자라난 자식들과 함께 그곳을 떠났다고 했다.

야생차를 만들며 사는 부부와 인연이 되어 나는 가끔 마음이 무겁고 앞으로 어찌 살아야 할지 고민될 때 그곳으로 갔다.

여름에 그곳을 처음 방문했을 때 냉면 얻어먹은 일이 생각난다.

냉동 면을 삶아 육수를 부어 먹는 간단한 메뉴였지만 그 골짜기에서는 꿀맛 같았다.

명절을 지내려 본가로 떠나 집을 비운 주인 대신 개와 고양이의 밥을 주며 홀로 지내게 되었다. 개와 고양이는 원수라는데 그곳에서는 오순도순 자기 자리를 지키는 다정한 친구 사이였다.

그다음 두 번째 방문해서는 이곳이 나를 받아줄 곳인지 아닌지 작정하고 지내보기로 마음을 먹었다. 700m 고지인 그 집에 겨울이 되면 봄까지도 눈으로 길이 막혔다.

오르는 사람도 내려가는 사람도 없이 그저 고요히 눈 쌓인 세상만이 끝도 없이 펼쳐졌다.

새하얀 눈이 내린 마당이나 굽이굽이 식빵 봉우리처럼 빵빵하게 겹쳐진 눈 쌓인 능선을 바라보는 것이 유일한 풍경이었다. 도톰한 솜이불처럼 눈이 깔린 마당에서 태극권을 하다 보면 긴장이 풀려나가 쌓인 스트레스조차 가벼워졌다.

1시간씩 군불을 때고 오면 "참 불 못 피운다"는 핀잔을 들어도 좋았다.

사실은 타오르는 장작으로 방구들을 데우면서 내 마음까지 따뜻하게 녹이고 있었다.

매일매일 먹고살려고 해치웠던 일들이 아니라 책이나 보고 바쁜 것 없이 끼니를 때우며 3박 4일을 지내는 것이 더없는 행복함으로 다가왔다.

그때만도 도시를 오가며 그곳을 그리워했는데, 각박했던 도시살이를 겪으며 다음 봄엔 아예 살던 곳을 정리하고 그곳으로 내려갔다.

알고 모르는 나무가 지천인 그곳에서 난 아버지와 함께했던 시간을 느꼈다.

물오른 나무와 꽃의 싱그러운 향기는 우리 가족을 먹여 살리지 못

한 아버지의 작업을 떠올리게 했다.

매연 가득 찬 도시 한가운데 있던 아버지의 비닐하우스 안은 늘 향기로운 수증기로 가득 찼는데 이 산속의 맑고 청량하며 향기로운 공기와 닮아있었다.

신비함을 가득 품은 산속 구불진 길을 오르며 나는 숲으로 숲으로 빨려 들어갔다.

편백나무 쇠한 향기는 가슴의 시름을 덜어내고 사박사박 나뭇잎 밟는 소리에 거름되려 쌓이는 흙은 살아있는 것처럼 내 얼굴을 빤히 올려다봤다.

그 숲에는 냄새로 가득 차 있었다.

물 냄새, 풀 냄새, 이끼 냄새, 스며든 콧속이 시원함으로 뻥 뚫리는 냄새가 계절마다 달라지는 곳이었다.

샛길로 들어서면 단풍나무 길이 끝없이 이어지고, 다랑이마다 시절을 얘기하는 사연 있는 땅들이 펼쳐졌다.

부서진 전봇대, 반쯤 남은 슬레이트 지붕, 십자가가 새겨진 묘비, 절 표식을 매단 안내 표지판, 한때는 사람들로 가득했을 그 한밭에 서서 목청껏 성가를 부르고 기도를 올려도 누구 하나 낯 붉히며 등장하는 이가 없었다.

굽이를 돌면 참나무에 매달린 표고들이 개구진 꼬맹이 머리통 마냥 둥글게 고개를 내밀고 '나 따주세요'하며 벌어지고 있었다.

구렁과 구렁 사이에는 물이 흐르고, 졸졸졸 소리가 낮게 깔리는 계곡 사이로 햇볕이 스며들었다.

자연 스스로 예술 작품을 창조해 내는 현장에 들어서면 온몸이 감동으로 내달렸다.

오직 새소리, 물소리, 공기 소리만 자욱한 그곳에서 반짝이는 거울만큼 맑은 물에 입을 갖다 대고 마셨다.

차지도 미지근하지도 않은 청량한 물 한 모금을 머금으면, 입술에 묻은 물 자국을 바람이 어루만지고 갔다.

젖은 신발을 따라 찍힌 바윗돌의 발자국은 이곳에 나만 있다고 증명하듯이 존재를 드러냈다.

밭을 지나고 물을 거슬러 위로 위로 능선을 타고 커다란 바위를 돌아 옆으로 비켜 내려서면 그곳에 도착했다.

언젠가 본 것만 같은 거대한 칡넝쿨이 느른히 가지를 늘어뜨리고 있었다.

자그마한 평지에 급하지 않게 흐르는 맑은 물 위로 금방이라도 칡넝쿨 그네를 탈 사람이 나타날 듯 환상적인 곳이었다.

나는 홀린 듯 공상의 세계로 들어갔다. 단단히 꼬여있는 나무에 걸터앉아 그네를 타고 하늘을 올려다봤다.

그리고 그곳에서 하늘을 올려보고 다시 숲을 바라보는데 어릴 적 환상 속의 이야기가 완성되는 느낌을 받았다. 많은 형제와 사촌들 사이에서도 혼자 놀던 환상 속, '왜 너는 혼자 노느냐'고 했던 어른들의 핀잔 속에서도 끝없이 이어지던 내 안의 이야기, 평안과 온전함이 모든 것이었던 내면의 소리가 매듭지어지는 순간이었다.

이곳에 살고 싶다.

그때의 강렬한 터치는 오래도록 나를 그곳으로 소환했다.

삶이 버거울 때 그곳으로 돌아가 명상하며 숲만 지켜보고 싶었다.

여행 온 것처럼 가볍게 그곳에 머물며 눈물이 나면 울고, 기쁜 환희를 느끼면 춤출 수 있는 그곳으로 순간 이동하고 싶었다.

　산골다운 생활은 뭐니 뭐니 해도 새벽 공기를 온몸으로 마시는 것이다.

　옷깃을 여미고 그 차가운 물기 속에 발을 내디디면 산란했던 마음이 모두 차분히 내려가고 다시 고요해졌다.

　넓적한 바위 위에 앉아 물소리에 밥 먹으며 이끼가 잔뜩 머금은 물 냄새도 기가 차게 멋졌다.

　비위가 상하는 도시의 냄새를 견디지 못할 때가 되면 또 생각이 나는 그곳!

　'물 냄새가 맡고 싶어!'

아이와 나, 둘이지만 혼자인 듯 벅찬 일상에 지쳐서 그곳을 떠올리면 마음속에선 낯선 듯 낯익은 엄마의 품이 그려졌다.

그곳에 포근히 안겨 꿀잠을 자다 깨면 다시 일상으로 돌아가 으샤 으샤 할 수 있었다.

엄마 혼자 키워서 사람들로부터 싫은 말 들을까 봐, 나는 5살 아이를 어지간히도 닦달했다.

"이제 자야 할 시간이야."

잠자는 시간은 엄격하게 지켰다.

"아이스크림은 안 돼. 이제 밥 먹을 시간이야."

식사 시간 또한 밥 외에는 아무것도 방해받고 싶지 않았다.

"장난감은 하나만 갖고 놀고, 모두 제자리에 갖다 놔."

그러면 아이가 질세라 조그만 입으로 열심히 변명한다.

"그게 아니라..."

우리의 논쟁이 끝없이 이어졌다.

둘 다 지쳐 서로에게 더 이상 기대할 것이 없다는 것을 알면 마음에 연결된 끈이 툭 하고 끊어지는 느낌이다.

서로 등을 돌린 채 고단한 잠으로 빠져들었다가도 첫 새벽이면 눈이 떠졌다.

잠든 아이의 단정한 얼굴을 바라보면 안쓰러운 마음에 곧바로 고개를 내밀었다.

"미안해."

대답이 없는 아이의 입술을 매만지며 속으로 울음을 삼켰다.

혼자 이리 뛰고 저리 뛰고 살길 찾기 바빠 마음에 여유가 없는 엄마

라서 제 아이를 품을 여력이 없는데, 여린 꽃잎처럼 향기로운 저 아
이는 대체 어디에서 위로받을까!

　살면서 의지가 될 만한 아름다운 곳에 아이의 마음을 뿌리내리게
해주고 싶다.

　'눈으로 냄새로 소리로 맛으로 엄마의 보금자리 같은 그런 곳, 마음
속에 간직하는 비밀의 화원을 만들어줘야지. 내가 늙거나 병들어도,
아이가 성장해서 독립해 살아갈 때도, 마음속에 풍경 하나 걸어두고
포근히 안길 수 있다면 지금의 내 부족함으로 인한 생채기가 더 깊어
지진 않겠지?'

　어떤 어려움이 와도 바로 설 수 있는 위대한 유산 같은 기억을 심어
주고 싶다.

요즘도 틈만 나면 어디고 할 것 없이 다녀보고는 있지만, 그곳 같은 감동을 주는 곳은 찾을 수 없다는 생각이다.

　내 아이도 인연이 되어 그런 곳을 발견하기를 기대한다.

　어떠한 상처도 낫게 하는 용한 약처럼 깊숙이 꼭꼭 간직해 두었다가 가족으로, 친구로, 사람으로는 채울 수 없는 허전함이 밀려올 때 꺼내 볼 수 있으면 좋겠다.

　제 가슴에서 꺼내어 스스로를 포근히 안아줄 용기를 가르쳐 주고, 한 사람으로 당당히 자리할 수 있는 그런 곳을 찾아 잘 살아주면 좋겠다.

_____ 네가 좋으면, 나도 좋아

풀

'우리에게 선택권이 얼마나 있을까?'
나는 5살 우리 아이를 보면서, 종종 선택권에 대해 물음하게 된다.

아이는 요즘 징징거리고 발을 구르며 인상을 쓰는 게 늘어갔다.
"8시니까, 양치하고 자자."
"싫어!"
태블릿을 보고 있는 아이는 태블릿에 얼굴을 담글 기세다.
"유튜브는 한 시간만 보는 거야."
"싫어!"
내가 아이의 태블릿을 빼앗자 아이는 입을 크게 벌려가며 울기 시
작했다.

"뚝! 언제까지 울 거야? 우리 내일 아이스크림 사 먹기로 했잖아. 어서 자자."

아이는 아이스크림이라는 말에 거짓말처럼 울음을 그쳤다.

"좋아!"

아이는 내일 먹을 아이스크림을 선택하고는 잠이 들었다.

다음날, 아이는 유치원에 다녀오자마자 내 팔을 잡아당겼다.

"아이스크림!"

"예약해 뒀어. 낮잠 코 자고 가자."

"응. 알겠어."

아이스크림 먹겠다고 자기 싫어하는 낮잠을 자는 아이의 모습을 보니 아이의 선택조차 즐겁게 느껴졌다.

"아이스크림 가지러 가자."

아이가 부스스 잠에서 깨어났다. 아이를 잠들게 하는 것도 아이를 잠에서 깨어나게 하는 것도 한 단어로 충분했다. 마치 '열려라! 참깨' 주문 같았다.

나는 아이에게 외투를 입히며 외출 준비를 했다.

"엄마, 자전거 타고 가자. 장갑도 줘."

어제 자전거 타면서 손이 너무 시렸다며 장갑을 챙겨 나가자고 했다.

31종류의 아이스크림 가게에는 선택할 아이스크림이 어마하게 많았다.

나와 아이가 선택한 것은 겨우 3개지만, 그 많은 아이스크림을 보는 것만으로도 설렜다.

우리는 포장된 아이스크림을 받았다.

"여기서 먹고 싶어."

아이는 의자에 앉더니 이 자리에서 먹자고 징징대며 졸랐다.

나는 아이스크림 가게의 아이스크림을 모두 녹일 만큼 끓어오르는 가슴을 꽉 부여잡았다.

"요즘 코로나니까, 집에서 먹는 게 좋겠어."

나는 텅 비어있는 테이블을 둘러보았다.

"봐봐, 아무도 없지?"

나를 따라 둘러보는 아이에게 또다시 징징댈 틈을 주지 않으려고 아이 손을 잡았다.

"우리 바람처럼 달려가서 아이스크림을 먹자!"

나는 얼른 아이 손을 잡고 문을 밀치고 나갔다. 아이는 내 말에 신나게 달려 따라 나왔다.

아이는 집에 들어오자마자, 아이스크림을 챙겨들고 앉아 손바닥을 비비며 입맛을 다시는 시늉을 했다.

"엄마, 태블릿도 줘야지."

아이는 아이스크림을 사 와 유튜브를 보자는 약속을 기억해서 내게 말했다.

고민할 새도 없이 징징거리는 말을 듣고 싶지 않아 "그래, 기다려. 둘 다 줄게."하며 갖다주었다.

아이스크림을 떠먹으며 유튜브에 빠져든 아이는 행복해했다.

아이의 행복한 표정과 불편함이 없는 시간 속에서 나도 행복에 녹

아들었다.

카드가 정지되고 월세가 밀리고 독촉 전화가 오면서 점점 커진 가슴의 돌덩이도 이때만은 녹아 없어지는 듯했다.

'수급비가 들어오면 갚으면 되지. 지금은 괜찮아.'

아이의 입에 방긋 미소가 걸리고 손을 놀려 아이스크림을 맛있게 떠먹었다.

"음!!! 맛있어. 엄마 멋져!"

아이는 싱긋 웃으며 나를 바라보았다.

아이의 생생한 검은 눈동자를 한참 동안 들여다보는데 그 얼굴이 너무 이뻐 보였다.

"엄마도 아!"

잊지 않고 숟가락을 내미는 아이에게 나는 입을 벌려 아이스크림을 받아 삼켰다. 시원하고 부드럽고 달콤했다.

그걸로 행복했다.

늘 매일 같이 매 시간마다 아이스크림을 달라고 졸라대는 아이지만 내 무의식 세계의 걱정과 달리 배가 차도록 먹어대는 것은 아니었다.

"이제 그만 먹을까?"

아이는 망설임 없이 고개를 끄덕였다.

"오케이!"

순순히 답하는 아이가 이뻐 보여, 나는 다시 물었다.

"저녁은 뭐로 먹을까?"

"국수!"

"어떤 국수가 좋아?"

아이가 활짝 웃으며 외쳤다.

"칼국수!"

시청 시간 예약이 된 유튜브가 다 끝나면 손가락을 내보이며 한 번, 두 번, 세 번 자꾸 보겠다고 아이는 떼를 썼다.

다시 보여 달라고 떼쓰는 게 우리의 일상인데 오늘은 어쩐 일인지 밥을 먹고 보자고 했다.

기특하게도 스스로 태블릿의 전원을 끄고 밥을 선택해 밥상으로 왔다.

선택권을 아이에게 주는 것이 당연했다.

하지만, 이것을 알면서도 늘 내 생각이 더 옳다고 아이를 재촉하고, 안 된다고 하고, 그만하라고 얘기하게 된다.

나는 칼국수를 삶으면서, 국수처럼 이어지는 내 어린 시절이 생각났다.

내 어린 시절은 선택권이 없었다.

내가 뭔가를 선택을 할 수 있다는 것은 상상도 못 했다.

나는 반드시 지급해야 하는 돈들, 이를테면 학급비 같은 것들을 내지 못해 늘 조용히 있어야 했다.

그 기억으로 생성된 습관은 지금도 내 의견을 물으면 답을 잘 못한다.

싫어도 입을 닫고 속으로 부글부글하다가도 어느새 깡깡 언 얼음처럼 점점 차갑게 단단해져 갔다.

밥숟갈을 드는 것조차 아버지가 제일 먼저, 그다음은 오빠, 큰언니, 작은언니를 거쳐, 막내까지 먹어도 내 손등에 숟가락이 꽂히지 않았다.

어떨 땐 그 순서에 삼촌, 사촌 오빠, 큰아버지가 끼어들어 하염없이 기다리고 기다려야 내 순서가 왔다.

이것이 나의 어린 시절이다.

지금 떠올려보면 말도 안 되는 기다림의 연속이었다.

물론 거기선 엄마도 앞 순위는 아니었다.

엄마에게 받은 감정을 나는 고스란히 아이에게 물려주고 있는지도 몰랐다.

자신의 욕구를 쟁취하는 사람을 볼 때마다 나의 가슴에서는 이상하게도 불덩이가 타올랐다.

'아무 말 하지 마. 선택권은 없어!'

어디선가 망령처럼 이런 말이 따라다녔다.

나도 한때는 지금의 내 아이만큼 적극적일 때가 있었다.

그때는 환했고, 아이처럼 잘 웃으면서 춤추고 즐거워했다.

아이가 내게 오기 전까지의 짧은 시간이었지만.

여전히 나는 양보하면서 사는 습관이 있다.

물론 내 아이에게도 먼저 양보한다. 그런데 행복한 것 같지 않다.

아무것도 선택할 수 없어서 행복하지 않은 이런 날들과는 그만 이별하고 싶다.

이제는 눈치 볼 사람도, 양보할 그 누구도 없으니 아이와 나, 오롯이 우리 둘의 마음만 확인하면 되는 것이니까.

먼 길을 돌아 나의 유년 시절을 떠올려 보면 선택권을 아이에게 우선적으로 주는 것이 당연하다.

나는 이것을 잘 알면서도 아이가 잘 되라는 뜻에서 아이를 재촉하고, 안 된다고 하고, 그만이라고 얘기해 버린다.

점점 이렇게 처신하는 내 모습이 괴로워 지금부터라도 아이의 선택을 최우선으로 하고 존중하는 태도를 보여야겠다.

마음먹은 대로 되는 일보다 안 되는 일이 더 많지만, 이제 제대로 실행해보려 한다.

"자, 칼국수 먹자!"

나는 길게 이어진 생각을 끊어내며 칼국수를 담았다.

아이는 후루룩 소리를 내면서 칼국수를 먹었다.

"맛있어?"

엄지손가락을 높이 치켜든 아이를 보면서 웃음이 지어졌다.

"엄마, 칼국수 맛있어. 우리 엄마 최고!"

내가 묻는 족족 웃는 얼굴을 선보이는 아이도 자신의 마음만 확인하면 되니, 똑똑이처럼 야무지게 대답했다.

다가올 자신의 삶을 어떤 색으로 채우고 싶은지 아이에게 물어봤다.

"넌 뭐 하고 싶니?"

아이는 까만 눈을 깜빡이며 나를 올려다보았다.

아이의 눈동자 속에 내 유년의 모습이 담겨져 있었다.

나는 아이가 생각하는 동안 먼저 말했다.

"뭐든, 네가 좋아하는 것을 하자. 그럼 엄마도 좋아."

나는 망설임 없이 아이의 선택을 함께할 것이다.

이번 역은 놀이터

하 리 보

"사랑해."

뜻밖의 이 사랑 고백은 헤어지는 문 앞에서 조그만 두 여자아이의 입에서 나온 말이다.

나는 졸린 눈을 하고선 오후 2시에 쏟아지는 태양에 눈이 떠졌고, 아이들의 병아리 같은 입술에서 종종종 터져 나오는 말에 귀가 밝아졌다.

내가 딸아이를 보자 '뭐가 어때서?'라는 눈빛으로 한마디 건네온다.

"아, 새영이 언니랑 더 놀고 싶다."

새영이 언니는 우리 앞집에 산다.

순하고, 소위 되바라지지 않은 요즘에 보기 드문 초등학교 2학년 언니다.

"오늘은 중국 엄마가 온 지 1년 된 날이라서 일찍 가봐야 해. 미안."

담담하게 말하는 새영이를 보며, 매일 볼 때마다 '안녕하세요?' 말고는 웃으며 말이 없었던 새영이 엄마의 비밀을 자연스럽게 알게 되었다.

예전, 아무렇지 않게 우리 집엔 아빠 사진이 하나도 없다고 말하던 딸아이가 떠올랐다. 문득 딸아이도 새영이도 어른 키의 반도 오지 않는 아이들이지만, 마음은 어른들보다 오히려 더 단단한 아이들이란 생각이 든다.

나는 항상 딸아이를 사랑이 많은 아이로 키우고 싶었는데, 그 사랑이 옆집 언니에 대한 사랑 고백으로 튀어나올 줄 예상하지 못했다.

하지만 아이는 옆집 언니 말고도 정말로 사랑하는 공간이 하나 더 있었다. 그곳은 바로 놀이터이다.

언니를 데려다주고 오는 길.

또다시 놀이터로 향하려는 아이의 뒷덜미를 잡고 우리는 우리만의 보금자리로 돌아왔다. 한껏 놀고 난 아이는 마음이 한결 가벼워 보였다.

놀이터에 툭툭 자신의 외로움을 털어놓고 쓸쓸한 마음도 그곳에 두고 온 듯 보이기도 했다.

손도 씻지 않고 흙강아지가 된 아이가 나에게 말했다.

"엄마, 놀이터는 왜 깜깜하면 못 놀아? 나는 놀이터에서 잠도 자고 싶고, 캠핑도 하고 싶어."

나는 마냥 놀고만 싶다는 아이 앞에서 한창 동화책에서 읽은 늑대 이야기를 들려주며 겁주었다.

"놀이터에는 귀신보다 무서운 늑대가 산대. 늑대는 사람들을 물어가서 절대 돌아오지 않는대."

그러자 아이는 입꼬리를 삐죽거렸다.

"엄마가 태권도로 물리치면 되잖아?"

"아, 엄마가 태권도를 잘하지만 늑대 여러 마리는 당해낼 순 없어."

아이는 겁먹지 않은 눈으로 말했다.

"그러면 언니들이랑 힘을 합치면 되겠다. 우리는 항상 함께 하잖아."

평소에 딸아이는 어른들 앞에서 소심하고 겁이 많았다. 사람들이 물어볼 땐 늘 자기 나이를 손가락으로 말하던 아이였다.

그런데 언니들이나 놀이터에 대해 말할 때면 달랐다. 아이의 눈빛은 물에 비친 조약돌을 심어놓은 것처럼 반짝였다.

그때 나는 아이의 놀이터에 대한 '애정'이 남들과는 다르다는 것을 짐작할 수 있었다.

그전에는 아이를 키우며 생각보다 많은 기차여행을 다녔다.

여행이라고 적었지만, 나는 아이와 정처 없이 그렇게 돌아다녔다. 기차여행을 빙자한 현실도피, 물론 목적지는 있었지만!

그렇다고 뚜렷한 목적지가 있던 것도 아니었다.

기차역에서는 비록 모르는 사람 투성이었지만, 그들이 나누는 주변의 시시콜콜한 이야기들이 나를 안도하게 했다.

혼자서 아이를 키우는 데 외로움을 느꼈는지도 모르겠다. 꼭 텔레비전을 켜 놓고 밥을 먹는 사람들처럼, 둘이지만 혼자 같았던 외로움이 나를 씹어 먹고 있었던 때였다.

하지만 코로나로 인해, 곧 놀이터가 기차역의 빈자리를 대신했다. 마음껏 기차여행을 다닐 수 없게 된 것이다.

기차를 타고 다닐 땐, 아이가 아직 어려 엄마가 오로지 전부인 존재였기에 종착역은 늘 엄마였다.

하지만 놀이터 역에는 무수히 많은 역들이 있었다.

자기가 내리고 싶은 역에 내려 아이는 맘껏 뛰어놀았다. 실컷 다른 친구들을 만나고, 몇 안 되는 기구들을 탐방하느라 시간이 가는 줄 몰라했다.

"이번 역은, 이번 역은 솜사탕 뽀송뽀송역입니다."

생동감 넘치는 놀이터는 기차와는 또 다른 매력이 있었다. 그곳엔 또래들이 있었다.

더 이상 혼자서 아이와 '오늘은 무엇을 하고 놀아야 하나?' 하는 고민에 현관 앞에서, 엘리베이터를 앞에서 몇 번이나 놓치지 않아도 되었다. 놀이터는 변하지 않은 채 그곳에 있었고, 그 안에 우리의 몸을 담그면 그만이었다.

봄에는 아이들과 개미들에게 수영장을 만들어 주고, 여름에는 매미와 화음을 맞추며 노느라 길어질 대로 길어진 해를 넘기고 집으로 돌아왔다. 가을에는 들판에서 잡아 온 방아깨비 다리를 잡고 까딱까딱하며 같이 시소도 탔다.

"으이구, 춥지도 않나. 꼬맹이들아?"

겨울에는 계절을 모르는 아이들이 나와 홑겹의 옷만 입고 놀면서 어른들의 눈을 시리게도 했다.

　실제로 비가 오던 날이면 아무도 나오지 않는 놀이터에 몇 번이나 가서 아이와 신나게 여름의 향기를 맡았다.

　그 흙 내음은 놀이터 위의 흔들 다리처럼 내 마음을 자주 울렁이게 했다.

　늘 북적이는 놀이터도 코로나가 심해졌을 땐 정말로 조용했다.

　"아아!! 이 놀이터가 다 우리 것 같아! 우리 하루 종일 놀자. 그네 탈 때 오 분만 하는 거 금지야!"

　푹푹 찌는 폭염이 이어지는 무더운 여름이 왔을 때도, 아이는 꾸역꾸역 마스크를 끼고 놀이터로 나갔다.

　나는 아이에게 그네를 밀어주며, 이 더운 날 혼내서라도 들어가야 하는 게 아닌가 걱정하곤 했다.

　하지만 나는 '참 몹쓸 짓이다'라고 생각하다가도 아이의 깔깔깔 웃음소리를 듣노라면 금방 피곤함을 잊어버리곤 했다.

나의 어렸을 적 놀이터도 그랬을 것이다.
지금처럼 항상 엄마가 함께 나와 귀찮게 구는 것만 빼고는 똑같았다.
친구들을 만나 다리가 성한 곳 없이, 이리저리 상처가 나도 나는 또다시 놀이터로 돌아가곤 했으니까.
어쩌면 아이가 놀이터를 좋아하는 게 보통의 그 나이대의 마음이라는 생각이 든다.
그러고 보니 아이에게뿐 아니라 나에게도 놀이터는 특별한 공간이 아니었을까?
기차를 타고 더 이상 밖으로 다니지 않게 되었을 때나, 집에서는 아이와 뭘 해야 할지 몰랐을 때, 나를 구해줬던 놀이터.
그냥 집 앞에 놀이터가 있어서 내 몸을 맡겼다는 게 맞는 표현일게다.
매일 놀이터에 출근하면서 많은 이웃들과 인사를 나누게 되었고, 반가워하는 어린아이들도 늘어났다.
함께 달리기를 하며 얼굴에 땀방울로 화장이 다 지워지고, 숨바꼭질을 하며 모기에 물려가던 보람이 생긴 순간이었다.
오늘도 여전히 아이는 놀이터를 지나치지 않았다.
실컷 놀고도 아쉬운 아이는 엄마의 배고파 죽겠다는 얼굴을 보고 마지못해 놀이터와 인사를 했다.
'놀이터야, 다시 올게~!'

아이에게 놀이터란, 툭툭 외로움을 털어놓고 와도 되는 유일한 곳이었다.

바지 하나 뿌듯하게 사려고

수 페

사람의 사정은 별들이 알 바 아니다.

때맞춰 운행하면 날이 가고 달이 가고, 달력이 뜯어지고, 쇠고 싶지 않지만 설이 온다.

"엄마, 우리 이번 쉬는 날에는 어디 안 가요?"

예년 같으면 어디 누구네랑 같이 펜션에 간다는 둥 말이 있을 텐데 엄마한테 아무 말이 안 나오니 아이가 먼저 물었다.

"응, 올해는 5인 이상 집합 금지라서 모임도 없어. 그냥 집에 있자. 어디 돌아다니다가 코로나 동선에 걸리면 엄마는 징계 먹어."

"아우, 나 어디 가고 싶은데!"

친가는 제 아빠 증발 이후 없어진 거나 마찬가지고, 외갓집 가냐 안 가냐 얘기도 아이 입에서 당연히 나오지 않았다. 아이한테서 이모,

이모부, 할머니, 할아버지 다 자연스레 '안 봐도 되는 사람들', '그다지 생각도 안 나는 사람들'이 되어 버렸다.

합천의 고모할머니 내외로부터 10만 원씩 추석 용돈을 받아본 게 태어나서 제일 큰 횡재였던 아이다. 내심 합천에라도 가자고픈 모양이지만 코로나 바이러스로 인한 모임 금지 기간인데다, 고모는 얼마 전 머리를 수술해 고모부와 대구의 종합병원에 있는 처지였다.

내 입장에서만 말하자면, 한편으로는 코로나가 고마웠다.

어디 갈 데도 없는 건 그냥 다 코로나 때문이니까. 명절 음식하고 거리가 먼 밥상도 다 코로나 탓으로 몰 수 있었다.

'회사 업무도 미치도록 바쁘게 돌아가는데 연휴라니 고맙지. 설은 뭐, 그냥 긴 연휴에 불과한 거지.'

연휴 첫날은 당연히 늦잠을 자고, 그 뒤엔 밀린 집안일이나 하자고 별러댔다.

"너도 알잖아, 엄마는 이번 설에 꼭 해야 할 일이 있는 거."

"아하, 그렇지, 엄마 꼭 해요! 이번에는 꼭 해요."

엄밀히 말하면 집안일이라기보다는 '내 일'이라고 해야 할 것이다. 큰 방을 아이한테 내주고 문간방을 내가 쓴 지 6개월 무렵부터 내 방은 자연의 법칙을 날마다 착실하게 증명하고 있었다.

"엄마, 엄마 방은 엔트로피의 천국인 거야? 지고 있네?"

아이는 1년여 전에 내가 자기를 놀렸던 말을 그대로 돌려주었다.

"야, 아들! 너는 지금 엔트로피한테 지고 있다고!"

우리는 옛날 순정만화 주인공 이름 같은 이 용어를 학습만화에서 배웠다.

외부의 힘이 작용하지 않는다면 고립된 계의 엔트로피는 결코 감소하지 않는다. '열역학 제2법칙'. 책상 위에 책상 1/10 크기의 연필꽂이가 있을 때 연필 열 자루가 연필꽂이에 제대로 꽂혀 있을 확률보다, 다른 어딘가에 굴러다닐 확률이 '3,645배' 높다. 외부에서 인위적인 에너지를 가하지 않으면 가능성 높은 일이 더 잘 일어나게 마련이다.

이런 현상이 꾸준히 일어난 방을 흔히 '난장판'이라고 부른다.

내 방이 그랬다.

여름에 새 근무지로 전보 발령받은 이후, '조금' 달라진 일과 '많이' 다른 사람들에 적응하느라 바빴다는 핑계는 있다. 어쨌든 추석 연휴에도 크리스마스 연휴에도 그놈의 '엔트로피'에 힘을 쓰지 못한 상태였다.

나 말고는 그 누구한테 정리 좀 하라고 잔소리할 사람도 없는 우리 집이다. 잔소리 90%는 엄마인 내가 중학생 된 아이에게 하는 거고, 나머지 10%는 아이가 복수심에 던지는 말이니 내 방에서 일어난 일을 처리하기엔 너무 힘이 없었다.

처음엔 그냥 티셔츠가 의자와 책상에 걸쳐져 있었다. 이후엔 아침 바람이 쌀쌀해져서 스카프와 패딩조끼가 함께 널브러져 있기 시작했다. 점차, 하루 저녁 두세 시간 정리해서는 안 될 수준이 되었다.

방이 너무 부담스러우니 보기가 싫어서 회피했다. 대신 마음이 편치 않아 주말에 짬 날 때면 화장실, 싱크대, 냉장고, 신발장, 베란다, 화분대와 씨름했다. 내 방은 상대적으로 점점 아수라장이 되었다.

　오히려 아이가 내 방 꼬락서니를 보고 크게 느낀 바가 있어, 제 방을 시시때때로 정돈했다. 게다가 내가 당겨 받은 명절 보너스로, 아이에게 난생처음 학생용 책상 세트를 사주었더니 아이 방은 더욱 깔끔해졌다.

　아이는 책상이 아직 안 왔을 때부터 신이 나서 청소와 정돈을 계속했다. 나는 퇴근하고 와서는 부러워하며 감탄했다.

　"와, 너는 이제 방만 보면 엄마 이상형이야."

　어느 날은 드디어 내 방이 창피해졌다.

　"엄마도 너처럼 매일 정리할 걸 그랬어. 큰일 났어. 요즘 옷만 겨우 갖고 나오잖아. 재택근무할 때도 마루에서 하고. 방에 들어가면 재채기 나와."

아이는 기가 살아서 선심이 풍부해졌다.

"엄마, 그럼 내가 엄마 방 청소해 줄까요? 엄마는 겨울에 꼭 많이 바쁘잖아요. 내가 학교를 안 가고 계속 집에만 있으니까 정리의 달인이 된 거 같아. 그리고 쓰레기를 버리면 기분이 좋아지고."

아이는 이미 50리터 종량제 봉투 두 개를 가득 채워 내놓은 경험이 있으니 제 말마따나 '정돈 고렙'이 된 것이다. 이 분야에 있어서는 성취감이 하늘을 찌르고 있었다.

내 양심도 찌르고.

"오, 고마워. 그런데 옷이랑 서류랑 책에 먼지가 장난 아니거든. 엄마가 다음 연휴에는 꼭 저거 다 정리할 거야, 정말로!"

하겠다고 생각만 하는 건 구속력이 없다는 걸 체득했으니 말로 뱉어냈다. 설 연휴는 겨울이 가기 전, 방을 정돈할 마지막 기회였다. 아이 보기에 창피한 스스로를 호언장담에 묶어서라도 이번 설에 꼭 방을 깨끗이 정리하는 것을 목표로 삼았다.

결전의 날이 되었다.

명색이 설이라고 아침을 좀 거하게 먹고 치운 뒤, 전투 교본 삼아 책을 하나 꺼내 들었다. 『나에게 맞는 미니멀 라이프』.

지금 당장 적용 가능한 부분만 군데군데 10여 분 동안 정독한 후 정신무장을 하고 전투에 임하는 자세로 KF-94짜리 마스크를 썼다. 아이에겐 80짜리를 씌워주고 내 방을 자꾸 기웃거리지 못하게 했다. 자칫하면 천식 발작이 와서, 연휴에 여는 병원을 찾아 헤매고 4일 내내 쌕쌕거리게 될 수 있으니까.

아이는 마스크를 낀 채로 우물쭈물하더니 결국 이 무질서에 대해 제가 거들 일이 없다는 걸 받아들였다. 그러고는 눈으로 전보를 치듯이 흘끔흘끔 쳐다봤다.

'거 참 진즉에 하시지. 나한테는 맨날 잔소리하면서. 쯧쯧.'

'어마어마하네. 오늘 나랑 보드게임은 못 하겠네.'

나는 등이 따끔거려, 뭔가 아이에게 부탁할 게 없나 생각했다.

"요 앞에 가서 종량제 봉투 2개 사다 줄래? 50리터 두 개. 그리고 아이스크림도 사 오고."

아이를 내보내고 현관문을 연 다음, 옷부터 다 꺼내 거실에 쭉 늘어 났다.

'고민 길게 하지 말고! 틈 들이면 끝이 없어. 팍팍 버리자!'

이렇게 다짐하며 큰 비닐봉지를 꺼냈다. 이불 압축팩인데 압축이 되지 않는 불량품이었다.

몸뚱이 때문에 고생할 옷부터 버렸다. 대보는 것조차 황송한 사이즈, 너무 낡아서 자리만 차지하는 것들을 비닐에 넣었다.

2000년도에 산 새빨간 가죽 재킷은 2019년에 딱 1번 입었다. 아직도 내 마음을 설레게 하고 상태도 너무 좋지만 입으면 단추를 못 채운 지 오래였다.

'고생했다, 잘 가라.'

누군가에게 받은 옷들도 있었다. 그중 몇은 내 취향에도 안 맞고 입을 것도 아닌데, 면전에서 거절하기가 뭣해서 그냥 받은 것이다. 그 옷들은 지난 인간관계의 피곤한 면을 담고 있어서, 보고 있자니 준 사람에 대한 내 마음마저 해지는 듯했다. 그런 마음들까지 같이 비닐에 넣었다.

L 박사님이 주신 옷들도 드디어 정리했다. 비슷한 소재의 옷을 사려면 몇 만 원씩 적금을 들어도 될까 말까 할 테지만, 고급 옷을 입지 않았다고 핀잔 들은 일은 없다. 그렇게, 고급 소재에 대한 미련도 같이 버렸다.

남은 옷들을 보니 3년 동안 내가 산 옷은 올겨울 기모레깅스 두 개를 비롯해 열 벌이 채 되지 않았다. 내가 나를 좀 푸대접한 것 같았다. 스스로 응원하는 마음으로 집에서 편히 입을 보들보들한 옷을 새로 사기로 했다.

목 늘어난 티셔츠, 무릎 늘어난 바지에게 바친 충성의 시대는 갔다.

"집에서 편히 입을 옷도 새로 사자!"

옷을 큰 비닐봉지에 넣었는데도, 아이가 사 온 50리터 종량제 봉투를 채운 물건은 많고 많았다. 쓸 만한 건 중고거래 앱에 '드림'으로 올렸다.

'거래'에 드는 에너지도 아끼고 싶었다.

남길 물건을 대략 추려내고 아이와 함께 가구들을 옮겼다.

아이의 새 책상은 신학기라 주문이 밀려, 3월 초나 되어서야 배송된다고 했다.

내가 쓰던 작은 책상을 당분간 아이가 쓰고 아이가 쓰던 큰 책상을 내 방으로 옮기기로 했다. 그러려면 옮겨야 할 가구가 많았다. 거실, 내 방, 아이 방에서 각각 다른 위치로 옮겨야 했다.

우선, 가구 옮길 순서를 점검했다.

"다른 것보다, 피아노부터 빼야 할 거 같아요."

아이와 동선 상의를 하는데, 이제 제법 다 큰 어른과 대화하는 분위기가 났다.

실제로 옮길 차례가 되었다.

중학생이라고는 해도 또래보다 작고 말라서, 아직도 40kg이 넘지 않는 아이인데 그래도 가구 옮기는 데 제 몫을 톡톡히 했다.

2010년에 입주한 이 집은 바닥에 문지방이 있어 가구를 옮길 때마다 문지방 넘기가 쉽지 않았다.

이 집에서 가구 옮기는 행사를 10년 동안 이미 몇 번 했으니 아이도 요령은 보아 온 터였다. 다만 이전에는 힘이 받쳐주지 못해 보기만

하거나 살짝 거들 뿐이었다.

하지만 이번에는 '같이' 했다.

"엄마가 여기 이렇게 들면 그 수건을 아래로 쑥 넣어. 네가 다 했다고 하면 엄마가 내려놓을게."

"어! 했어요! 내려도 돼!"

가구 밑판에 수건을 깔고, 가구도, 사람도 작은 부상 없이 모든 재배치를 끝냈다.

"엄마, 이거 다 하고 나니까 진짜 좋지 않아요?"

아이는 마치 상사가 부하직원의 어깨를 두드리듯 내게 말했다. 자기가 방 정리에는 선배라는 걸 확실히 하는 말투였다.

어처구니없음과 대견함이 교차해 속으로는 너무 웃겼지만, 뒤늦게 정신 차린 자가 응당 지녀야 할 겸손한 태도로 즉답을 해주었다.

"응, 방 볼 때마다 진짜 심란했는데, 이렇게 말끔히 정리하고 나니까 속이 후련하다. 이제 재택근무할 때 더 편할 거 같아. 버린 것도 많아서 홀가분하고. 정말 네 말대로 기분이 엄청 좋네."

뿌듯하게, 결전을 해치운 우리는 개선장군처럼 씩씩하게 길을 나섰다. 겨울 끝자락 세일 막바지에 걸린 옷들이 우리를 기다리는 마트로!

옷 보는 안목은 나보다 아이가 나은 편이다. 남색과 분홍색이 교차하는 체크무늬 플란넬 바지가 아이 눈에 쏙 들었나 보았다.

S 사이즈도 있고 M 사이즈도 있었다. 하나씩 샀다.

반값에 산 명절빔 두 벌은 촉감도 가격도 어찌나 보들보들하던지.

그날 저녁 우리는 깨끗해진 내 방을 한번 쓱 둘러본 뒤에 거실에 나란히 앉았다.

나란한 다리를 감싼 같은 체크무늬 네 줄기를 보고 아이가 나를 향해 킥킥 웃으며 말했다.

"바지, 진짜 좋다."

그 말이 어쩐지 '엄마, 고생했어요. 나도 잘했죠?'로 들렸다.

나는 아직은 가늘기만 한 아이의 다리를 토닥이며 말했다.

"오늘 고마워. 우리 아들, 얼른 더 커서 다음엔 L 사이즈 사자."

열일곱 살의 우리 엄마

더 한 나

"우리 열심히 잘 살아 보자. 쉽지는 않겠지만 우리 인생에도 길이 있을 거야."

곤히 자는 젖먹이 딸에게 속삭이며 다짐한 해, 내 나이 열여덟 살이었다.

딸아이의 고사리 같은 손에 내 새끼손가락을 껴놓고 약속하듯이 이야기한 날이 엊그제 같은데 세월이 참 빠르게 흘렀다.

어느덧 17년이라는 세월이 흘렀고 딸아이도 열일곱 살, 어여쁜 소녀로 성장했다.

나의 열일곱 살은 양육미혼모의 삶을 선택한 해였다.

그래서 '17'이라는 숫자는 인생에 있어 매우 의미 있는 숫자이기도 했다.

딸아이가 열일곱 살이 되니 마음이 먹먹해지고 홀가분한 기분이 들었다.

나는 이런 마음을 딸아이와 이야기하고 싶었다.

거실에서 자리를 잡고 딸아이를 불러 이야기를 나누었다.

"딸 축하해! 올해 열일곱 살이 되는구나. 고등학생이 된 걸 축하해!"

"고마워, 엄마."

우리 딸은 이제 막 핀 벚꽃처럼 수줍게 웃고 있었다.

"오늘은 엄마 이야기 좀 들어줄래?"

나는 따뜻한 아카시아 꽃잎차를 테이블 위에 올려놓았다.

"응응."

"엄마가 너 낳고 키운 지 벌써 17년이 흘렀어. 네가 열일곱 살이 된 걸 보니 엄마 열일곱 살 때가 생각이 나는 거야."

가슴속에 꼭꼭 숨겨둔 얼음덩이가 이제 녹아 없어질 시간이 온 것처럼 내 눈에는 뜨거운 눈물이 얼굴을 보듬으며 흘러나왔다.

"엄마는 너 혼자 키운다고 참, 험한 인생을 애잔하게 버티고 살아냈어. 그래도 참 감사해. 이렇게 네가 예쁘고 착하게 잘 자라줘서 엄마는 너한테 얼마나 고마운지 몰라."

"엄마, 나도 눈물이 나오네."

딸아이의 눈망울이 어느새 촉촉하게 젖었다.

"그래 오늘은 울자. 슬퍼서 울고, 기뻐서 울어보자. 솔직히 기쁨이 더 커."

아카시아 꽃잎차를 한 모금 마시자, 마음이 환해지는 것 같았다.

"그 시절을 되돌아보니, 하나님께서 내 귀를 막아주신 것 같아. 사

람들이 미래에 대해 부정적으로 점을 치고 뭐라고 흉을 봐도 안 들렸어. 오히려 나는 너 없이 살아갈 미래가 더 끔찍한 거야. 그 어린 나이에 애를 키우겠다고 생각하다니. 내 생각으로는 너를 잘 키울 수있을 것 같은 믿음이 있었고, 내 안에 잘 해내겠다는 용기가 있었어."

용기라는 말이 내 마음에 등불을 탁! 밝혀주었다. 그리고 이내 마음을 추스르고 딸아이와의 대화를 이어갔다.

"옛날에 겪은 일 중에 생각나는 일이야. 엄마가 동네 골목길을 지나갈 때마다 동네 아줌마들이 수군거리면서 엄마를 향해 손가락질했었어. 다소 눈치는 보였는데 죄인 된 느낌은 없었어. 엄마는 2살 되는너의 손을 잡고 골목길을 당당히 걸어갔어."

"엄마 어떻게 산 거야."

나를 바라보는 딸의 눈에 내가 담겨졌다.

나를 닮은 아이의 눈은 언제나 맑아서 좋았다.

"그러게. 그때는 형편이 어려웠지만 불평 없이 순진하게 살았어. 지금은 참 많이 가지고 누리고 있네.

돌이켜보니 그때는 하나님이 우리를 살리려고 엄마의 귀를 막아주신 것 같아. 나쁜 이야기를 못 듣도록 말이야.

분명 그들은 나를 향해 손가락질하고 있었는데, 나는 철없이 너만 보며 웃고 있었어.

없이 살아도 너랑 살 수 있어서 참 행복했어. 지금 생각해 보니 그 순간들은 은혜였어."

딸이 대답 대신 고개를 끄덕여주었다.

"지금도 눈을 감으면 그 동네가 선명하게 기억나."

나는 나도 모르게 눈을 감았다.

주택 간격은 마치 양계장처럼 다닥다닥 붙어져 있었고 성인 한 명이 겨우 지나갈 수 있는 골목길이 즐비했다.

그 동네의 주택 특징은 2층은 대부분 옥탑방으로 되어있었다.

그 옥탑방에서 친동생들과 딸아이와 2년 정도 함께 살았다.

옥탑방은 화장실이 집안에 없었고 사람들이 지나다니는 골목 1층에 있었다. 화장실을 가고 싶을 때면 사람이 있는지 없는지 눈치를 봤다.

옥탑방은 현관이 없고 여닫이문으로 되어있었고 유일하게 물을 볼 수 있는 곳은 부엌 싱크대 뿐이었다.

몸을 씻고 싶을 때는 부엌으로 가서 녹물이 나오는 물을 한참을 틀어놓고 맑은 물이 나올 때까지 기다렸다가 좁은 싱크대에 머리를 우겨놓고 감았던 날이 많았다.

　밤이 찾아오면 문틈 사이로 싸늘한 바람이 휘파람을 불듯이 솔솔 들어왔다.

　옥탑방은 내 인생의 최악의 집이자 엄마가 된 출발지였다.

　다시는 찾고 싶지 않은 공간이었다.

　나는 17년 만에 우연히 이 동네를 지나가게 되었다.

　여전히 개발되어 있지 않았다.

　불현듯 내가 살았던 그 옥탑방이 보고 싶어졌다.

　이동 중이던 차 안에서 아이들, 친동생에게 그 집을 보러 가자고 동의를 구했다.

우리는 마치 놀이기구를 타러 찾아가듯이 비좁은 골목길을 'ㄹ' 형태로 이동하며 비로소 옥탑방을 찾아냈다.

아이들은 동물원에서 처음 보는 신기한 동물을 보듯이 집주변을 탐색했다.

"여기 왼쪽 문은 화장실 문이고 오른쪽은 옥탑방으로 올라가는 문이야."

"우와! 엄마 여기서 사람이 어떻게 살아요?"

딸아이의 질문에 나는 잠시 할 말을 잃었다.

'누가 보아도 사람이 살기에는 힘든 집이긴 하구나.'

나는 입 밖으로 나올 뻔한 생각을 침으로 삼키며 목구멍 안으로 밀어 넣었다.

"그러게… 지금 우리 집이랑 비교도 안 되지? 우리 진짜 고생 많이 했다. 어려서 그랬나. 힘들었을 텐데 잘 지나갔네."

나는 부동산 중개업자가 된 것처럼 옥탑방에 관해 설명을 해주었다.

아이들은 이모, 삼촌, 엄마가 살았다던 집을 보고 싶다고 미어캣처럼 머리를 들썩거렸다.

이날 나와 동생은 동네 주변을 거닐며 그 시절에 겪었던 경험에 대해 아이들에게 이야기해주었다.

결핍의 출발지를 찾아가 웃으며 얘기할 수 있는 날이 올지 몰랐다.

이 순간이 마치 꿈을 꾸는 듯했고, 감사했다.

딸아이와 나는 그 집으로부터 시작된 지나간 시간을 회상하며 서로에게 마음을 기대고 있었다.

"인생에서 겪는 불행만 묵상하면 살아가기가 힘들잖아. 온 동네가 어린 날의 너와 나를 심심풀이 이야깃거리로 삼았어. 하지만, 엄마는 그날이 아픔으로 생각되지 않고, 참 뭐라고 해야 하나. 못된 말을 듣지 않게 막아주시고 잘 지나가게 해주신 하나님께 감사한 거야."

딸아이는 고맙게도 아무 말 없이 눈으로 대답을 해주고 있었다. 이제 나는 딸아이의 눈빛만 봐도 딸아이의 언어를 이해할 수 있을 것 같았다.

"지금 네가 열일곱 살이 되었어. 내 열일곱 살을 생각하니 참 어리고, 예쁠 때였어. 그때 나는 몰랐어. 내가 이렇게 소중하고 예쁘다는 것을. 지나간 시간에 대해 약간의 미련은 있는데 되돌아보면 뭐 하겠어. 돌이킬 수 없다면, 오늘을 살아야지. 이렇게 소중한 너 만나려고 그랬나 보다 생각해."

딸아이는 두 손의 엄지손가락을 위로 척 올려세웠다.

마음 가득 내 인생을 응원해 보이는 무언의 손짓이었다.

"있잖아. 예전에 속된 말 중에 딸은 엄마 팔자 닮는단 소리가 제일 듣기 싫었어. 그런데 내가 가장 기쁜 것은 네가 열일곱 살이 되어도 이렇게 건강하고 예쁘게 자라줘서 정말 감사해."

"응..."

"너 잘 키우고 싶어서 진짜 공부 많이 했어. 인생 공부, 학교 공부, 사회 공부, 사람 통해서도 공부했지. 부부가 같이 키워도 자식을 키운다는 건 정말 힘든 일이야. 내가 너를 서툴게 키웠을 텐데 그러함에도 네가 잘 자라 줬어."

마냥 어설펐던 소녀가 엄마가 될 수 있었던 것은 모두 딸 덕분이었다.

"나는 세상 사람들이 나에게 했던 말이 다 거짓이라고 증명해냈어."

"어떤 걸 증명했어요?"

딸은 눈을 동그랗게 뜨고는 나를 쳐다보며 물었다.

증명한다는 것은 확실한 증거를 둔 말이었기 때문에 나는 그 증거를 하나씩 이야기했다.

"엄마는 포기하지 않고 양육했고, 공부도 석사까지 마쳤어. 일하는 능력을 키웠고, 인생 비관하지 않고 미래를 꿈꾸고 있잖아. 사람들이 나에게 이거 다 할 수 없다고 장담하듯이 단정 지었거든. 이만하면 엄마가 진짜 열심히 살았지?"

"응. 우리 엄마 대단해. 나는 못 했을 것 같아. 지금 내가 열일곱 살이니까. 엄마의 인생이 와닿아."

"하지만 딸, 문득 인생이 쓰라려. 이건 엄마가 선택한 인생이야. 선택은 평생을 결정할 수도 있어. 하지만 너는 평안할 거야. 엄마의 인생으로 값을 치렀잖아. 엄마가 삶에서 좋은 선택을 많이 했고 엄마의 위치를 지켰다는 것만 닮아줘."

딸아이는 화답하듯 연신 고개를 끄덕였다.

내가 열일곱 살 때는 내 이야기를 아무도 들어주지 않았다. 하지만, 지금은 나의 열일곱 살 때 이야기를 열일곱 살이 된 딸아이가 고개를 끄덕이며 들어주고 있는 이 순간이 기적 같고 소중했다.

"인생 별거 없더라. 누구나 인생으로 겪는 아픈 구석들이 있더라. 이제는 이 나이가 되니까 알 것 같아. 비교할 것도 없고, 지나갈 건 다 지나갔어. 누가 뭐라 한들 내 인생을 감당하고 그려나가는 건 나 자신이었어. 나 자신을 믿고 챙겨야 하더라."

"나 자신을 믿고 챙겨라…"

딸은 내 말을 되뇌며 말했다. 단어마다 새겨진 의미를 핥아대는 것 같았다.

"우리 인생에도 길은 있었어. 결핍에 집중하기보다는 힘써서 좋은 선택을 많이 하는 거야. 나쁜 일도 좋은 일도 다 유효기간이 있었고 사랑만 남아. 요새는 사람들이 나보고 부럽다더라. 자식을 거의 다 키웠는데 엄마가 젊어서 누리는 게 많겠다고 말이야. 그런 말들을 점점 듣게 되네. 잃은 것도 많지만 좋은 것도 많다는 걸 알게 되는 요즘이야.

너와 함께 눈물의 세월을 통과했으니 이제 웃고 살 일만 남았다. 인생은 정말 살아봐야 아는 거야."

"그런 것 같아. 엄마!"

"네가 열일곱 살이 되니까 뿌듯하고 설렌다. 잠시 잃어버린 나의 열일곱 살을 마주 보는 것 같아. 나도 이제 꿈을 꿀 수 있을 것 같아. 너 키우느라 열일곱 살이었던 엄마가 덮어두었던 진짜 하고 싶었던 꿈을 도전해봐야겠어."

"엄마 어릴 때 꿈이 뭐였어?"

"나? 화가!"

"우와! 엄마, 나랑 같이해"

"그러자! 너도 열일곱 살이고 엄마도 열일곱 살인 거야. 우리 같이 꿈을 키우는 거야."

"재밌는데!"

"그치? 진짜 모녀가 신나게 살아보자."

우리는 다 식은 아카시아 꽃잎차를 마시면서 꽃보다 더 활짝 웃었다.

우리 얼굴에서 얼마나 향기가 났는지는 우리만 알 것이다.

엄마와 함께
물든 단풍잎
가을

아가 아가 울지 마라

정 나 라

옆집 총각 티브이 소리
윗집 학생 발걸음 소리
아랫집 할머니 기침 소리도 없는
조용한 밤

침실에 가습기 소리
주방에 냉장고 소리
거실에 공기청정기 소리만 남은
깊은 밤

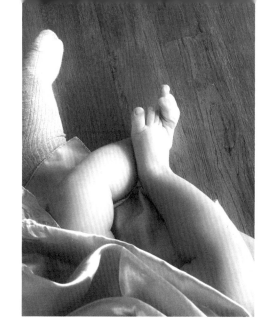

꿈속에서 놀란 아가 울음소리
온 빌라에 퍼지는
시끄러운 밤

똑! 똑! 똑!
행여, 누가 문 두드릴까?
가슴 졸이며 움찟하고
엄마 귀는 이미
현관 앞에 마중 나갔지

아가 아가 울지 마라
엄마가 안아 줄게, 토닥토닥
엄마 목소리에
어엉어엉 작아지는 울음소리

아가 아가 울지 마라
엄마가 옆에 있어, 자장자장
엄마 냄새에
새근새근 잠이 드는 숨소리

다음 날 아침
온 빌라에 퍼지는
고소한 냄새
옆집, 윗집, 아랫집에
엄마는 부침개를 돌렸지

버리면 채울 수 있다

은 서

버리고 비운다는 의미를
멈추고 채운다는 의미를
우리는 진정 알고 사는가?

결핍으로 얼룩진 내 삶에
버림은 끝이라는 낙인이야

내 마음에, 몸에, 집에,
나의 그 어느 공간이든
버려야 보이는 것들이 많아

내 마음의, 몸의, 집의,
쓰레기 버리는 법을 몰라
뭐든 끌어안고 끝까지 버텨내지

후회, 죄책감, 우울감,
버리고 비워야 사는데
뭐든 버리지 못해 이리도 갑갑하지

버리고 비우는 법을 알아야
멈추고 채워서 삶을 알겠지

_____ 흔들림 없이는 성장할 수 없다

박 찬 희

불현듯 찾아온 변화

너무도 갑작스럽게 내 인생에 변화가 찾아왔다.

아이가 생겼다는 것! 그 아이를 나 혼자 감당해야 한다는 것이다.

단 한 번도 생각해 본 적 없던 일이 현실이 되었다.

'출산, 양육, 육아'

이 세상의 단어 중 나와는 상관없다고 생각하며 살던 것들이 예고 없이 나의 삶으로 들어왔다.

아이와 함께 지낼 수 있는 곳을 찾아야 한다는 절박함이 나를 두렵게 만들었다.

한 번도 해보지 않은 일이었지만, 이제는 해야만 하는 일들이기에 하나씩 찾아서 해 나가야 했다.

다행히 아이를 출산할 수 있는 시설에 거주할 수 있게 되었다.

출산할 때까지 아이를 위해 부족하지만, 태교도 하고 늦게나마 아이에게 안정적인 생활을 할 수 있는 공간을 만들어 줄 수 있었다.

내 힘으로 해 줄 수 있는 것이 있으면 최선을 다하고 싶었고 그렇게 해 주기 위해 노력했다.

뱃속의 태동 소리가 나를 더 단단하게 만들어 주었고, 아이의 작은 숨소리, 움직임들이 나를 더 열심히 살게 힘을 실어주었다.

아이를 출산하고 백일이 지날 즈음 주거지로 이사를 하게 되었다.

새로 이사 한 곳은 자립 거주 시설이어서 월세도 내야 했고 각종 공과금도 다 부담하며 지내야 했다.

스스로 생계를 책임져야 하는 곳이라 거주 요건에 미치지 못하면 살 수 없었다.

11월에 등원이 가능한 어린이집 찾기가 쉽지 않았다.

"여기서 계속 거주하려면 어떡해서든 방법을 찾아야만 해."

하지만, 6개월 남짓 된 어린아이를 맡길 수 있는 곳은 거의 없었다.

열다섯 군데 어린이집을 찾아갔지만 대부분 너무 어리다는 이유로 거절을 당했다.

체념하며 돌아오던 길에 가까스로 영아 전담 어린이집을 찾게 되었는데, 아이를 등원시킬 수 있게 되었다는 것만으로 마음에 안심이 왔다.

드디어, 아이를 처음 등원시키던 날, 아이에게 미안하고 나의 현실이 아이를 너무 고생시키는 것만 같아 울었다.

아이의 몸보다 세배는 더 큰 등원 가방에 분유며 우유병이며 기저

귀, 손수건을 챙겨 넣는데, 너무 가슴이 아팠다.

아이를 위하고 우리를 위하는 일이었지만 쉽지 않았다.

아이의 등원 문제를 해결하고 일자리를 찾아 근무를 할 수 있게 되었다.

이제 열심히 살 수 있겠다는 생각이 들었다.

그러나 어린아이가 낯선 환경에 적응하느라 힘이 들었던지 병치레가 잦았다.

생계도 생계지만 아픈 아이를 계속 보낸다는 게 마음이 편치 않았다.

결국 일을 그만두어야 했다.

아이의 양육에만 시간을 할애할 수밖에 없었다.

그때부터 월세가 밀리기 시작했고 아이의 병원비, 생활비까지 감당

할 수 없는 상태가 되었다.

급기야 관리하는 수녀님이 집으로 찾아왔다.

"월세가 두 달이나 밀렸는데, 이건 어떻게 해결할 거야?"

"죄송합니다. 아이가 아파서 병원비에 돈이 많이 들었어요."

"월세가 밀리면 이건 명백한 계약 위반이야. 약속을 어겼어!"

"밀린 월세는 제가 낸 보증금에서 제외하시면 되는 일 아닙니까?"

"계약 위반이니, 언제까지 집을 비워 줄 수 있는지만 말해! 나는 오늘 날짜를 받아 가야겠어. 지금 당장 퇴거 날짜를 듣고 가야 내가 내 업무를 잘 볼 수 있어."

이미 퇴거 명령을 하러 왔기에, 사정을 말할 시간도 여유도 주지 않았다.

내 입에서 퇴거 날짜를 듣고 나서야, 나를 몰아세우는 말들을 거두었다.

이후 나를 더 경악하게 하는 말을 던졌다.

"그런데 이 추운 날씨에 어린아이랑 갈 때는 있어?"

뭐라 표현할 수 없는 감정이 올라왔다. 그렇지만 동요하지 않았다.

"찾아보면 많이 있을 겁니다."

나는 답 없는 대화에 마침표를 찍었다.

11월 겨울에 아이와 나는 이사를 나왔다.

다시 말하자면 강제 퇴거 조치를 당했다는 표현이 더 맞는 표현이 겠다.

아이와 같이 지낼 수 있는 곳을 찾기가 만만치 않았지만 포기하지 않았다.

아이를 지키고 보호해야 한다는 마음이 더 커져갔다.

그 마음이 통한 건지 어렵게 집을 구할 수 있었다. 아이에게 넉넉하게는 못 해줘도 안전하게는 해 줄 수 있게 되었다 싶어 절로 감사의 기도가 올려졌다.

우리 아이의 병상 일기

　아이와 지내던 중 아이의 건강에 이상 징후가 보였다.

　자주 다니던 동네 소아과에 영유아 건강검진을 받았는데 아이의 머리 크기가 너무 크다는 소견을 받게 된 것이다.

　"아무래도 MRI 검사를 받아 보는 게 좋을 것 같네요."

　의사의 말에 가슴이 내려앉았다.

　빠듯한 살림살이에 대형병원 검사라니, 생각도 해보지 않았던 일에 경제적인 것까지 혼란스러웠다. 이러한 현실이 괴로웠다.

　도움 받을만한 곳을 알아봐야 했다.

　아이의 출산을 도와줬던 시설에 연락해 시설과 연계된 병원에서 다행히 검사를 받을 수 있게 되었다.

　"MRI 검사는 이상이 없는데 피검사에서 근육병 소지가 보입니다."

"그럼 어떻게 해야 하는 거죠?"

"입원해서 유전자 검사를 받아야 합니다."

처음으로 아이와 입원 생활을 하게 되었다.

아이는 입원과 퇴원을 반복하며 검사를 받게 되었다.

혼자서 아이의 병원 생활을 감당하기가 너무 어려웠다.

수시로 하는 피검사며 링거를 맞아야 하는 일까지 고사리 같은 손에 주삿바늘을 꽂는 일은 너무 힘들었다.

마취를 해야 검사가 가능한 일인데 작은 몸집의 아이가 마취를 이겨내는 일들이 반복되어, 지치고 힘들어하는 아이에게 너무 미안했다.

드디어 기다리던 검사 결과가 나왔다.

"근 디스트로피입니다. 근육을 만들어내는 단백질을 없애는 근육병입니다.

중증 희귀 난치성 질환이며, 현재로서는 치료제도 완치도 없는 병입니다."

"그럼 어떻게 해야 하나요?"

"지금은 당장 할 수 있는 일이 없습니다. 증상이 나타나기 시작하면 재활 운동과 스테로이드 약물 치료를 병행하게 되고 호흡기 치료도 같이해야 합니다."

모계 유전병이라 했다. 나는 절망했다.

'내 욕심 때문에 아이가 아프게 되었어!'

세상이 유독 나에게만 가혹하다 느껴졌다. 절망감에 아무것도 할 수가 없었다.

진단을 받고 한 달여 간의 시간 동안 제정신을 붙잡지 못했다.

　처음에는 절망감으로, 그다음에는 자책으로, 그 후에는 아이를 낳지 않더라면 하는 부정으로, 점점 힘든 마음이 나를 지배하게 되었다. 흔들리는 마음을 그냥 내버려 두었다.

　그렇게 흔들림에 맡겨두기를 달포 남짓, 이제부터라도 내 정신을 제대로 붙잡아야 내 아이를 붙잡아 줄 수 있겠다는 생각이 들었다.

　'그래, 아이의 아픔을 대신해 줄 수 없다면 아이와 함께 있는 시간 동안 만이라도 후회가 남지 않게 해주는 거야.'

　나는 아이에게 내가 처해 있는 상황에서 할 수 있는 최선을 다하기로 했다.

　재활 치료 방법이며, 환우회며, 도움을 받을 수 있는 병원들과 재활 치료 센터까지 알아보았다.

　하지만 문득문득 찾아오는 서글픔! 이유를 알 수 없는 마음의 흔들림은 잘 버티고 있던 나를 무너뜨렸다. 그래도 살아가야 하는 시간이 눈앞에 있었다.

　아이의 정기 검진받는 날은 하루가 어떻게 지나가는지도 모르게 정신없이 지나갔다.

　병원까지 아이를 데리고 가는 것부터 혼자서 치러야 하는 일이었다.

　병원에 도착해서도 아이를 데리고 다니며 이리저리 알아보느라 동분서주했다.

　한 부모 가정 지원을 받아야 해서 병원 내 사회사업팀의 면담도 봐야 했고, 따로 서류도 첨부해야 했다. 아이의 병은 근육과 관련된 질병이라 거의 모든 진료를 다 받아야 했다.

그래서 차후에 해야 하는 진료들에 대해서도 미리 대책을 세워 놓아야 했다.

이 병에 대해 아는 것이 전혀 없었다. 그래서 이것저것 알아보고 담당 의사에게 자문도 구해야 했다. 병원마다 전문분야가 달랐다.

심장은 어느 병원, 호흡기는 어느 병원, 재활 치료는 어느 병원, 모두 달랐다.

집에서 은평구, 역삼동, 마포, 여의도, 송파구까지 서울 안에 거의 모든 대형병원들을 아이와 함께 다녔다. 현실적인 문제도 문제지만 아이도 나도 너무 지쳐갔다. 아이가 아픈 집의 부모들은 자신들의 힘만으로 오롯이 문을 두드리고 해결 방법을 찾아가야 한다는 것을 알게 되었다. 내가 놓치고 가는 건 없는지 겁이 나고 두려웠다.

'나의 무지함과 게으름으로 아이에게 도움이 될 수 있는 것들을 알아보지 못하게 되는 건 아닐까?'

마음을 잡고 그런대로 지내다가도 약간의 두려움과 균열이 생기면 화들짝 놀라 앞으로 어떻게 해야 하나 갈피를 잡지 못해 길을 잃기도 했다.

엄마로 성장하기 위한 성장통

 나는 길을 다시 찾아 돌아와 더 부지런히 달리며 짬짬이 휴식도 하며 조금의 여유도 가질 수 있는 시간을 만들어 가고 싶었다.
 그래서 거주하는 곳의 도서관에 찾아가 대출할 수 있는 카드를 발급받게 되었다.
 책을 빌려 읽기 시작하면서부터 조금씩 나에게 영양분을 줄 수 있게 되었다.
 그러던 중 도서관에서 동아리를 모집한다는 공고를 보게 되었다.
 책으로 소통할 수 있다는 것이 신기하고 흥미롭게 느껴졌다.
 동아리 참가 신청서를 내고 첫 모임에 참석하였다. 책을 매개체로 서로의 생각을 나누고, 다른 사람들의 생각과 관점들을 인식하게 되면서부터 타인을 위한 일과 나를 위한 시간을 만들어 갔다.

나는 동아리의 회장을 맡게 되었고, 다른 사람들을 위해 할 수 있는 일들이 생기면서 나를 위한 시간 또한 만들어 갔다.

그리고 독서 토론 리더 양성 과정을 듣게 되면서부터는 효율적으로 독서하는 방법들을 알아갔다.

아이의 성장에 따라 필요한 책이 무엇인지 살피게 될 무렵에는 지역의 어린이도서연구회가 있다는 것도 알게 되었다.

평소에 책을 좋아했지만, 아이가 생기면서 현실의 무게가 무거워 아이를 위해 할 수 있는 일들을 몰랐으나 점차 알아감에 따라 기쁨이 컸다.

성장하기 위해서는 성장통이 따른다.

엄마로 성장하기 위한 성장통을 좀 심하게 겪고 있는 것이다.

'그래, 매 순간 흔들림이 없었다면 여기까지 지나올 수 있었을까?'

많은 흔들림 속에서 잃어버리지 않았던 건 나는 한 아이의 엄마고, 엄마가 되어 본 건 처음이라 불안함과 두려움도 있지만, 결코 포기는 하지 않았다는 것이다.

앞으로도 많은 일이 생길 수 있고 어떤 역경들이 들이닥칠지 알 수 없지만, 흔들림이 있을 때는 흔들려도 보고 꺾이지만 않는다면 포기하지는 않을 것이다.

나에게는 내가 자기의 온 우주라고 믿는 나의 아이가 있으니 괜찮다.

이만하면 되었다.

괜찮아? 괜찮아!

더 한 나

"괜찮아!"

양육미혼모가 되기로 선택하고 나서, 사람들에게 듣지 못했던 말이다.

내가 선택한 '미혼모'라는 수식어는 준비되지 않거나 결핍된 환경을 유추해볼 수 있기 때문인지 '괜찮아'라는 말은 절대로 들을 수 없었다.

미혼모라는 수식어에는 결손가정, 부도덕한 여성일 거라는 편견도 자연스럽게 따라다녔다.

더욱이 내 경우에는 열여덟 살, 청소년 시기에 엄마가 되었기 때문에 '괜찮아'라는 종류의 비슷한 단어는 더욱 들을 수 없었다.

엄마가 된 나의 인생 출발은 책임과 의무의 연속이었다.

부부가 함께 헤쳐 나아가야 할 많은 것들을 홀로 감당했다.

행복한 나날도 많았고 생명 지킨 것에 대한 자부심을 느낀 날도 많았다.

하지만 한 부모의 삶은 녹록지 않았다.

그렇게 미혼양육모로 살아가며 당당한 태도를 보이면서도 사회적인 편견들로 인해 삶의 전반에 위축되어가는 부분도 있었다.

언젠가부터 나 자신도 사회가 규정한 평균적인 삶에 부합하지 못했다는 인식에 세뇌된 듯 혼란스러운 수치심을 때때로 느끼곤 했다.

엄마는 위대했지만, 미혼모라는 주제는 뜨거운 감자였기 때문이었다.

나는 내 아이를 키우는 행복감은 잃지 않았지만 방어기제적 삶의 태도를 고수했다.

떳떳한 엄마가 되고자 열심히 공부하며 쉬지 않고 일을 했었다.

내 인생의 결핍을 승화하겠다는 일념으로 살아갔다.

"정말 용감해."

"그래, 대단한 것 같아."

어느덧 남들에게 이런 칭찬을 듣게 되었다.

'나의 열심은 엄마가 된 한 인생을 인정받기 위한 하나의 외침이었을까?'

그렇게 완벽주의적 사고방식을 고수하며 인생에 있어 더 이상의 '실수'는 용납할 수 없다는 자기 채찍질을 해가며 살아갔다.

　쉴 틈도 없이 자기 채찍질을 했던 나에게 '괜찮아'라는 말을 듣게 된 사건이 있었다.

　내가 운전면허를 따러 학원에 다니던 때였다.

　나는 빨리 운전면허를 취득하고 싶어서 내 시간이 허락하는 대로 학원에 가다 보니 매번 강사가 바뀌었다.

　그러기를 반복하다가 어느 날인가 부드러운 카리스마를 가진 한 여성운전 강사를 만나게 되었는데 강사는 누가 봐도 첫인상이 남자로 보일 만큼 스포츠머리에 중년 남성의 패션을 즐겨 입는 사람이었다.

　강사를 만난 어느 날 마침 첫 도로 주행을 해야 했다.

　떨리다 보니 그만 실수를 하고 말았다.

　4차선 거리에서 우측 깜빡이를 켜고 우회전을 시도했는데, 내 의도와는 다르게 차가 순식간에 인도로 넘어갔다.

"으악!"

놀란 나는 액셀을 세게 밟았다.

조수석에서 강사가 브레이크를 계속 밟고 있어 차는 움직이지 않았지만 시끄럽게 부릉거렸다.

내 심장 소리가 머리에서부터 요동치는 게 느껴질 정도로 얼어버렸다.

그 아찔한 순간에 강사는 나를 향해 자신의 왼쪽 손을 내밀어 보호하며 말했다.

"괜찮아? 괜찮아! 괜찮아." 그 말이 다였다.

나는 그 부드러운 목소리에 금세 안정감을 느꼈고, 강사의 외모와 상관없이 그 분이 예쁘게 보이기 시작했다.

그 뒤로 나는 강사의 스케줄에 맞춰서 운전 교습을 하고 면허증을 땄다.

그 부드러운 카리스마를 더 느끼며 안정감 있는 성품을 배우고 싶었지만 면허 취득을 한 후 인연은 종료되었다.

이후 내 인생에 선한 영향을 준 한 사람으로 기억되고 있다.

내가 실수했을 때, 즉시로 이해받고 안정감을 느끼게 해준 순간의 경험은 그 강사를 통해서가 처음이었다.

내 자신이 실수하는 상황에 부딪히면 불안감부터 가지는 사람이었다고 스스로 객관화하며 살아왔기에 강사의 '괜찮아'라는 말은 정말 지금껏 경험해 보지 못한 강렬한 그 무엇으로 받아들여졌다. 내가 만약 남자라면 이 여인을 사랑할 수밖에 없을 거라는 확신마저 들 정도였다.

그 부드러운 카리스마는 수치심을 느낄만한 상황에서 즉시로 용납받는 수용이자 관용이었다.

그 경험을 계기로 나는 아찔한 순간에 '괜찮아?'라고 물을 수 있는 사람이 되어 가는 연습을 하였다.

그렇게 될 수 있었던 것은 '완전한 수용과 관용'을 경험했기 때문이라 생각한다.

만남의 인연이 짧든지 길든지는 중요하지 않다.

누군가를 만나고 어떤 말을 들었는지에 따라 인생이 바뀔 수도 있는 것이다.

내가 어떤 사람인지에 대해서 생각해 보게 된 계기도 되었다.

때론 괜찮다고 그 누군가에게 얘기해 줄 수 있는 쉴 틈이 있는 사람이었으면 좋겠다고 다짐하였다.

나의 '괜찮아'라는 경험은 내 가족에게도 '괜찮아!'라고 말할 수 있을 정도로 사고가 확장되었다.

우리 아빠는 손가락이 9.5개이다. 아빠가 손가락이 9.5개인 이유는 오른손 네 번째 손가락이 경운기에 말려 들어가, 네 번째 약지 손가락이 순식간에 반절이 되는 사고가 있었기 때문이다.

아빠가 20대 초반 젊은 날에 일어난 안타까운 사고였다.

내가 서른 살이 되었을 무렵 아빠의 손가락에 관한 이야기를 상세하게 듣게 되었다.

당시 아빠는 쌀 농사짓는 집안의 장남이라 어릴 때부터 할아버지가

시키는 대로 궂은일을 다했다고 한다.

평소에 할아버지는 일을 시킬 때, 지체되는 것을 용납하지 않았다고 했다.

"빨리빨리 해라."

사고가 났던 그날은 일이 지체되었고 여지없이 할아버지는 재촉하는 말을 했다.

아빠는 서둘러 마무리하려다가 찰나에 손가락이 그렇게 되었다고 말씀하셨다.

어느 날, 아빠가 부정맥으로 심장 수술을 하기 위해 입원 절차를 밟으러 가던 날, 이날은 내가 운전사가 되고 아빠는 조수석에 앉았다.

"빨리! 빨리! 그렇게 밟으니까 늦지."

"아빠..."

"응?"

"왜 빨리 가야 해요? 우리는 이 속도로 가도 전혀 늦지 않아요."

"답답하잖니."

"천천히 가도 돼요~ 빨리빨리 하다가는 사고 나요~"

아빠는 아무 말도 하지 않고 창밖으로 먼 하늘을 올려다보았다.

"괜찮아요. 손님, 택시요금 안 받을 거니까 편한 마음으로 계세요."

내 말에 아빠는 어색한 미소를 보였다.

나는 앞으로 아빠에게 천천히 해도 괜찮다는 말을 자주 해야겠다고 생각하게 되었다.

할아버지는 돌아가시고 안 계시는데, 아빠는 여전히 할아버지의 다그쳤던 말에 살아가고 있다고 느꼈기 때문이다.

아빠와 함께 병원에 도착하여 입원 절차를 밟았다.

아빠도 다소 긴장한 모습을 보이셨다.

병원 도우미의 안내에 따라 아빠는 환자복으로 갈아입고 수술 후에 입원해야 할 병실에서 긴장한 것을 감추듯 덤덤한 표정으로 대기했다.

"아빠, 잘 다녀오세요."

이윽고 아빠는 수술실로 들어가셨다.

나는 보호자 대기실에서 기약 없는 대기를 하였다. 그리고 벽면에 붙은 TV 화면에 제공되는 아빠의 이름 석 자를 바라보며 기도 외에는 아무것도 할 수가 없었다.

시곗바늘이 거꾸로 가는 것처럼 좀처럼 시간이 흘러가지 않았다.

얼마나 시간이 흘렀을까? 보호자 호명 소리에 나는 상담실로 들어가 아빠의 수술 결과를 듣게 되었다.

"다행히 혈관에 문제가 보이지 않아 스탠드 삽입술을 하진 않았습니다. 앞으로는 약을 주기적으로 먹고 정기 검진으로 건강 상태를 지켜보는 게 좋을 것 같아요."

의사의 진단을 듣고나서야 나는 저절로 안도의 한숨이 나왔다.

잠시 후, 아빠가 수술실에서 나왔다.

수면 마취에 방금 깬 아빠는 나를 보자마자 농담을 던졌다.

"죽다 살아났다. 배가 고프다."

남자 간호조무사가 다시 와서 아빠가 누워있는 이동식 침대를 옮겼다.

혼자서 수술실에서부터 병실까지 한참을 이동하였고 그 옆으로 나는 따라갔다.

병실에 도착하자, 아빠는 생각한 속내를 내게 말했다.

"여기 선생님 하는 것을 너도 좀 도와줘라. 혼자 하잖니."

"응? 아빠, 이분을 도와주지 않는 게 도와주는 거예요."

아빠는 내 대답에 당황한 기색을 보이셨다.

"이분은 전문가잖아요. 도움이 필요했다면 바로 말하지 않았을까요? 임의로 도와주는 게 더 방해될 수 있어요."

"네, 맞아요. 환자분, 저 혼자 할 수 있는 일이에요."

남자 간호조무사가 씩씩하게 웃으면서 말했다.

"그래도 도와줘라."

"아빠, 우리가 도와주는 건 이분이 하는 대로 따라 주는 거예요. 도움받아도 괜찮아요."

가만히 서 있는 나를 보며 아빠는 탐탁지 않은 표정을 지었지만, 더는 말하지 않았다.

이동식 침대가 자리를 잡고 나서 나는 보호자 의자에 앉아 아빠와 마주하였다.

아빠는 만능 일꾼이었고 못하는 게 없을 정도로 다재다능했다.

그런 아빠는 남에게 일을 거의 못 맡기고 자신이 할 수 있다고 생각하는 건 혼자서 빨리 처리해야 속이 후련하다고 했다.

내가 어린 시절에 느꼈던 아빠는 슈퍼맨 같았는데, 침대에 누워있는 아빠를 보니 한없이 약해 보여 속상했다.

"아빠, 의사 선생님에게 이야기를 들었는데, 앞으로 건강관리를 하면서 마음을 편하게 가지는 게 중요하다고 하네요."

"그래, 나도 들었다."

"아빠가 긴 세월을 너무 소같이 열심히 일해서 무릎도 아프고 심장도 그렇게 된 것 같아요. 이제는 몸 사리면서 살아도 괜찮아요."

아빠는 커다란 소의 눈처럼 촉촉한 눈망울을 껌뻑거렸다.

나는 미혼모로 살면서 가장 힘들었던 것은 먹고사는 문제, 사람들의 편견보다도 나에게 강렬한 영향을 준 '말'에서 벗어나는 일이었다.

마음을 아프게 했던 대상은 내 주변에 없는데, 내 안에 심어진 못된 '말'은 삶에서 은밀하게 작용하고 있었다.

수용 받지 못하고 거절 받은 그 순간을 완벽히 벗어나지 못하고 사람 관계에서 울부짖듯 날카롭게 표출이 되었었다.

이따금 타인에게서 거울처럼 수용 받지 못한 순간을 마주 보았다.

상대방이 나한테 나쁜 말을 한 적도 피해를 준 적도 없는데 괜히 상대가 미워지고 이유를 알 수 없이 행동이 부자연스러울 때가 많았다.

'괜찮아'를 삶 가운데서 해석하기 시작할 때쯤에 제주도에 있는 '돌담'에 대해 듣게 되었다.

이 돌담의 특징은 바람을 막아주기도 하고 바람이 빠져나갈 수 있게 구멍이 나 있다고 했다.

인생을 이 돌담처럼 존재해보면 좋겠다고 생각했다.

자신에게도 이웃에게도 실수하더라도 든든한 바람막이가 되어주고 때로는 빠져나갈 구멍을 만들어 쉴 틈이 있는 단단한 사람으로 존재하는 것 말이다.

나는 '빨리빨리'와 '실수'에 불안해했다.

이 말로 인해 무언가를 끊임없이 해내야 했고 조급한 심리상태를 지속했으며 건강상의 문제도 겪었다.

나는 삶에서 좋지 않은 영향을 주고 있는 '말'을 바꿔보고자 우리 가족에게 '천천히 천천히' ' 괜찮아 괜찮아'라며 말해보기 시작했다.

이 말이 언젠가는 우리 가족들 삶에 녹아져서 받아들여지길 소망한다.

불안으로 힘들어하는 이웃에게도 말해주고 싶다.

"괜찮아? 괜찮아!"

미역국 타이밍 _____

하 리 보

"산모님, 미역국을 많이 드셔야 합니다."

진지한 의사의 입에서 나오는 첫마디가 미역이라니!

대형병원의 산부인과 의사 선생님이 하는 요오드로 시작된 미역에 대한 예찬에 나는 피식 웃었지만 곧 수긍했다.

나는 아이를 낳고 꼬박 9끼의 육수와 고명이 달라진 미역국을 병원에서 맞이했다.

미역국을 먹지 않는다고 해서 지금 내 일상생활에 지장이 생기진 않겠지만, 적어도 그때만 떠올리면 마음속이 뜨끈해지며 힘이 나는 건 부정할 수 없다.

나의 개인 신화에 미역국은 상당한 부분을 차지한다.

가령 엄마가 내 생일이 되면 으레 끓여 주시던 미역국이 있었다.

수능 날, 든든하게 먹여 보낼 마음으로 당신도 모르게 실수로 해 주었던 미역국도 같은 맥락이었다.

다행히도 두 미역국 모두 참 맛있었던 기억으로 남아있다.

엄마의 미역국 타이밍은 그렇게 재밌고도 결코 미워할 수 없었다.

내가 열아홉 살이 되었을 때, 추위가 코끝을 시리게 할 때쯤 나도 남들이 보던 수능이란 걸 똑같이 보았다.

한 가지 다른 것이 있다면 그날 나는 끈적끈적한 엿 대신에 뜨끈뜨끈한 미역국 한 사발을 먹었다는 것이다.

그날의 아침은 분주했고 엄마는 무언가를 끓이고 있었다.

익숙한 냄새였지만 설마 그럴 일은 없을 거라고 고개를 저었다.

"밥 먹고 가라."

"엄마, 나 일부러 머리도 안 감았는데 수능 치는 날 미역국이라니. 정말 이러기야?"

"서울대 갈 것도 아니면서 애는, 그냥 따뜻하게 한 그릇 먹고 가."

이후 나는 지속해서 '그날의 사건'에 대해 심문하곤 했다.

그때마다 엄마는 자신은 '순수한 마음'이었다고 변론하며 이야기는 소득 없이 끝났다.

하지만 나도 좋은 점이 있기는 있었다.

그날 나는 수능을 미역국처럼 말아 먹었고, 점수가 엉망으로 나오든 말든 엄마가 끓여주신 미역국을 원망하면 그만이었다.

국을 끓일 때면 꼭 제일 큰 솥에 해야 직성이 풀리는 사람 같았던 엄마는 생일 미역국도 마찬가지였다.

어렸을 적 큰 솥단지를 보고 있노라면 작은 인어공주 인형을 가져

와서 수영을 시키고 싶을 정도였다. 실제 인어공주가 살고도 남을 정도의 방 한 칸 크기 같았으니까!

가끔 카레를 해서 노랗게 된 솥에 엄마는 그냥 멸치 몇 쪼가리와 미역 몇 줄기를 넣는 정도였지만, '뭔가 더 필요한데' 하는 순간 보글보글 국이 끓었고, 미역 왕국은 뚝딱하고 그릇에 담겨 내 눈앞에 있었다.

거창한 육수도 소고기도 들어있지 않고 그게 다였다.

무심한 엄마의 성격만큼이나 미역국도 참 슴슴했다.

물론 큰 솥에 일주일간 끓여 먹다 보니 미역국은 점점 졸아서 짠기만 남았다.

결국엔 국 조금에 밥을 엄청나게 말아야 하는 지경이 되었지만, 이상하게 질리지는 않았다. 큰 솥이었기 때문에 뭉근했고 엄마 품 같은 묘한 맛이 있었다.

엄마의 미역국은 언제나 나에게 무한 리필로 제공되었다.

하지만 가장 중요한 미역국 타이밍에 엄마의 미역국은 제공되지 않았다.

내가 엄마에게 아이를 혼자 낳아서 키워야겠다고 말한 뒤였다.

아기를 낳고, 나는 당연히 먹어야 하는 친정엄마의 미역국을 받아먹지 못했다.

나는 2년 동안이나 엄마의 미역국을 그리워만 해야 하는 조정 기간을 거쳐야 했다.

엄마의 미역국은 장기 파업이 될 수도 있었지만, 엄마는 손녀의 커가는 순간을 놓치지 않는 지혜를 가지고 계신 분이기도 했다.

"오늘이 아이 생일이지?"

그렇게 당신은 나만의 엄마가 아닌 할머니가 되어, 손녀의 두 돌 생일날 미역국을 끓여 주러 나타나셨다.

아이는 그날의 미역국의 맛을 기억하고 있지 않겠지만, 나는 아이가 한국 사람이라면 태어나 으레 거쳐야 할 어느 의식 같은 것을 치렀다고 생각한다.

마치 설날엔 떡국, 생일엔 미역국이라는 공식을 외워야 하는 나이가 온 것 같다.

끓여준 미역국은 역시나 맛이 있었다.

그래도 결국엔 복귀하는 엄마의 미역국은 2대째 걸쳐 내려오는 사랑이었다.

'분명 그 심심한 레시피 속에 애정과 사랑이라는 진한 육수를 끓여 넣으셨겠지.'

인생의 회전목마는 돌고 돌아, 어느새 나는 엄마가 되어 미역국을 끓이고 있다.

그런데 뭔가를 자꾸 첨가해도 미역국 같은 게 될 뿐이지 엄마의 미역국이 되지는 않았다.

결국은 지쳐서 대충 무심하게, 하지만 맛있게 먹어 주었으면 하는 마음을 담아 끓여내는 걸로 마무리하곤 한다.

아이는 그런 미역국을 제일 잘 먹었다.

'결국 입맛도 이렇게 대물림되는 건가.'

나는 종종 왜 생일이나 아이가 태어난 날이면 미역국을 먹어야 하는지 궁금해했다.

제일 유력했던 설은 미끈한 미역을 먹고 아이가 순풍 나오길 기원하면서 먹었다는 것이다. 하지만 미역국을 먹고도 24시간 진통에 허덕이다 끝에 제왕절개를 해야만 했던 나의 옆 산모를 보면 그 말은 신빙성이 떨어진다.

그렇다면 의사 선생님이 얘기한 영양학적인 요소들에 기인했을 가능성이 커 보이지만 그 또한 정답이 아닌 것 같다.

'세상에 미역만큼 영양가 있는 음식이 얼마나 많아.'

우리나라 사람들은 얼큰한 음식을 좋아해서 속을 달래기 위해 먹는 죽에도 매운 죽 메뉴가 나오는 마당에 생일이나 아이를 출산한 날만은 어째서 미역국을 오롯이 찾고, 끓여먹는 전통이 내려왔을까? 궁금하기만 하다.

'그냥 우연이 아니었을까?'

결국 나는 이런 결론밖에 내릴 수 없었다.

누구나 특별한 날에 각자 다른 차림새로 먹게 된 미역국이었다.

결국엔 미역이 특별해서라기보다 특별한 날 특별한 사람이 끓여주는 그 마음의 양태를 돌아보게 되는 것이다.

나에게는 미역국의 미역이 양식이던, 자연산이던지 상관이 없다.

종국엔 맛이 다를 수 있지만 그걸 끓였던 엄마의 마음은 잘 변하지 않는다는 것을 깨달은 뒤였다. 엄마가 끓여주는 미역국이 가장 맛있게 기억되는 건 어떤 상황에서라도 내 생일을 잊지 않고 따뜻한 미역국을 끓여 내주시던 엄마의 마음이 제일 소중하게 다가와서 일 것이다.

며칠 뒤면 아이의 생일이 다가온다.

마트에 갔더니 깔끔하게 잘 진열된 진열대의 멸치 몇 동가리와 미역들이 눈에 들어온다. 매해 6년째 같은 마음이지만, 이번에는 작은 솥에, 먹을 만큼만 끓이기로 마음을 다잡는다. 맛있으면 다행이고, 언젠가 아이도 미역국에 담긴 내 마음을 알아주면 더 좋고 말이다.

엄마의
미역국이
특별했던건
"사랑"
이라는 조미료
덕분이었다

혼자 아 키웁니데이~

최 영

제가 아이의 존재를 처음 알게 된 것은 성별을 알고 심장 소리가 들리고 당장 태어나도 살 수 있을 때 쯤이었습니다.

뱃속 생명의 존재를 눈치채지 못할 정도로 그때 저는 건강 상태와 정신 상태가 좋지 못했습니다.

다른 사람들도 제 몸의 상태를 눈치채지 못한 것 또한 마찬가지였습니다.

우연히 엄마에게 임신 사실을 들켰을 땐 자포자기의 심경이 되어 앞으로 어찌해야 할 것인지 막막했습니다.

예전 가톨릭 신자였던 엄마는 재빨리 늦은 태아보험부터 가입시켰습니다.

엄마의 친구였던 보험 설계사는 여러 장의 청약서에 서명을 시키며 말했습니다.

"자, 이제 네가 이 아이의 법정대리인이야."

저는 그날 서류상으로 처음, 누군가를 책임져야 할 보호자가 되었습니다.

아이의 아버지는 아이에게 단돈 몇천 원짜리 쌀과자 하나 사 올 줄 모르는 무심한 사람이었습니다.

결혼을 할 듯 말 듯, 처음부터 신뢰가 없어 연을 끊자고 했습니다.

하지만 아이의 아버지는 억지로 일 년을 이어갔습니다.

'스스로 핏줄도 버리는 사람이란 걸 인정하기 싫었나 보지.'

아이의 아버지는 한 달에 한 번, 몇 달에 한두 번 얼굴만 몇 시간씩 비추다 가버렸습니다. 단순한 죄책감에 그나마 얼굴이라도 비춘 것 같았습니다.

아이의 얼굴은 제대로 보지도 않았었죠.

결국, 일 년째엔 그만하잔 얘기를 제 입으로 꺼내게끔 유도했고, 우리는 완전히 헤어졌습니다. 양육법을 배우기에 시간이 너무나도 촉박해 이런 상황에서도 아주 쿨하게 받아들였습니다. 슬퍼하고 비통해하기엔 어떻게 신생아를 목욕시키는가가 현실적으로 더 심각했기 때문이었죠.

체감 임신기간이 불과 3개월가량으로 육아에 대해 아는 것이 없었고, 모순적인 이야기지만 한때 비혼주의였기 때문에 결혼관이나 육아관은 생각도 한 적이 없었습니다.

더더욱 아이는 이래야 한다든지, 교육은 저래야 한다든지 라는 생각조차 없어서, 3개월 만에 양육법을 공부하기엔 턱없이 부족한 시간이었습니다.

'이대로는 나쁜 엄마가 될 거야. 책임감을 느끼고 낳고 키우기로 한 이상 조금이라도 아는 것이 있어야겠어. 하지만, 지금은 돈이 없는데 어쩌지?'

나는 비용이 들지 않는 무료 부모·육아 교육은 부산 끝과 끝을 가서라도 시간이 허락할 때마다 들으러 다녔습니다.

아이를 키우는 선배 격인 한 부모 모임에도 이따금 나갔고, 남편이 있는 엄마들의 모임에도 거리낌 없이 나갔습니다.

미혼모 지원을 통해 다양한 자기 계발 교육도 열심히 받았습니다. 전문적인 기술을 가지고 있긴 했지만, 아이를 직접 잘 키워볼 욕심으로 향후 미래를 위한 일을 하나라도 더 배우고자 했습니다.

그 당시 이러저러한 사정으로 가족들과도 사이가 상당히 악화되어 있었습니다.

심리적으로도 경제적으로도 가족 모두가 지쳐있었기에 산후조리원도 산모 도우미도 바랄 겨를 없이 제왕절개 후 8일째부터 새빨간 50㎝도 채 되지 않는 신생아를 혼자 몸으로 정신없이 키웠습니다.

그리고 1년 3개월이 지나서야 저는 처음으로 제 자신이 미혼모라는 사실을 납득하게 되었습니다. 이전의 저는 그래도 1%의 기적을 바랬던 건지 아이 아빠인 그를 기다리고 기다렸던가 봅니다. 하지만 스스로 남편을 가지고 있다라는 생각을 하면서 그렇게 버텼더니 여차저차 아이는 키워 졌고, 신기하게도 외롭지 않게 되었습니다.

제가 선택한 길에 더 이상의 후회는 하지 말아야 하는 법 같았어요.

　시간이 흐르고 흘러 엉금엉금 기던 아이가 아장아장 걷게 될 무렵이었습니다.

　저는 아이의 미래와 나의 인생을 위해 남편에 대한 생각의 싹을 완전히 쳐내기로 했습니다.

　어찌 보면 스스로 미혼모의 삶을 선택한 것에 가까울지도 모르겠어요.

　어중간한 관계로 오지도 않을 사람에게 휘둘리면서 약해지는 여자이기보다 굳건하게 아이의 옆을 지켜줄 수 있는 엄마의 길을 선택했습니다.

세상에 온전히 아이와 나, 단둘이 떨어졌다고 생각할 수도 있는 상황이었지만, 저는 완전히 우리들만의 세계에 흡족해 있었습니다.

"난 시댁도 없고 남편도 안 챙겨도 돼! 우리 가족과 내 아이만 신경쓸 거야!"

각자의 육아 스타일이 있고 그것을 존중해야 하는 것처럼 저의 육아 스타일은 1%의 리플리와 50%의 자기 합리와 49%의 노력으로 구성되어 있습니다.

학창 시절을 비롯해 한 생명을 가지기 전의 저는 애정 결핍이 심했고 항상 외로웠습니다. 가정을 비롯해 어느 곳에 가서도 소외감이 심했고, 텅 빈 사람 같았습니다. 그 삐뚤어지고 어긋난 제 자신은 어리석게도 다른 사람에게 쉽게 속아 마음을 주기도 하고, 또 제 자신이 먼저 타인을 기만한 적도 많았습니다. 이러한 점은 지금도 반성하고 고쳐나가고 있는 부분입니다.

이상하게도 아이의 존재로 인해 그 공허하고 외로웠던 결핍이 순식간에 사라짐을 느꼈습니다. 가족들과의 관계도 아이의 존재 덕에 점점 좋게 회복되어갔습니다.

이 작고 작은 생명이 티격태격하며 서툴게 사랑 표현하던 가정에 웃음 꽃을 피워 올리게 했습니다.

아이가 이쁨 받으며 크는 것을 볼 때면 남편이란 존재도 잊어버릴 수 있었습니다.

'아빠라는 존재가 무조건 있어야 한다는 것이 절대적인 정답이 될 수는 없어.'

주위의 모든 사람은 저의 이런 성향에 다양한 반응을 보였습니다.

"혼자 키우는데도 밝다. 나였다면 불가능해."

"힘들진 않아?"

"네. 웃으며 혼자 키워요."

억지로 가식을 부린다든지 남에게 일부러 밝은 척을 한 적은 없습니다.

워낙 태생이 밝은 성격이어서 미혼모임을 어디서든 당당하게 오픈하는 것을 꺼리지 않았습니다.

"혼자 애 키웁니다!"

회사 입사에선 첫인사의 멘트로 이렇게 말하면서 시작했습니다.

돈이 없는 미혼모라는 소리가 듣고 싶지 않아서 나름대로 열심히 일도 하고 있고요.

일하는 스타일 차이로 갈등을 겪기도 하고 생전 겪어 보지 못한 업무를 하는 지금 직장에서 배워나가야 할 일도 많고 주위의 도움을 받아야 할 일도 많습니다.

저는 이제 주위의 도움받는 것을 두려워하지 않으며 도움을 받게 되면 늦더라도 곱절로 갚으려 합니다.

제가 처한 불행이라면 불행 또한 타인에게 긍정적으로 이야기하며 지극히 평범하게 어울려 지내려고 합니다.

이렇게 잘 지내다 보니 단순히 미혼모라는 명칭을 가진 구성원이 아니라 혼자서도 아이를 곧잘 키우며 할 것 다 하고 사는 평범한 여자, 엄마로 보이게 해주었습니다.

아직은 여전히 두렵고 앞길이 부족한 것 투성이의 구만리 길이지만, 지금이 아니면 언제 또 도전할 수 있을까 하는 마음이 걱정보다 앞서더라고요.

혼자 아이를 키우는 엄마가 아니더라도 누군가가 옆에 없거나 사랑받지 못하면 주체적으로 살아가지 못하는 일부의 여자들이 몹시도 안타까울 때가 있습니다.
"제가 그랬으니까요."
제 자신은 여자이지만 남편이 없으니 아내는 패스!
부모의 딸이기도 동생들의 누나이기도 언니이기도 하고, 무엇보다 소중한 내 새끼의 엄마이기도 하니까, 역할이 너무 많은 것 같아요. 하지만 이 정신없는 연극 무대에서 언젠가는 꼭 필요한 연기파 배우가 되어야 하니 하루하루 열심히 살아야겠지요.

요즘은 시간이 참 짧습니다.
한 시간 단위로 계획을 짜서 육아와 다른 자잘한 일들, 글쓰기도 병행하고 있습니다. 고독은 사치일 정도로요.
저는 자존감이 낮아 타인에게 애정을 갈구하고 받아야 위신이 서는 그런 여자 중 하나였다고 봅니다. 행복한 가정에서 사랑받으며 사는 여성들에게 하는 말은 아닙니다. 이따금 현실적인 고민거리를 해결할 엄두를 못 내거나 멘탈적으로 힘들게 살아가는 소수의 여성을 볼 때면 마음이 아픕니다.
'나와 타인을 끊임없이 비교하고 끝 간데 없이 자존감이 낮아져 자신의 신세 한탄으로 열등감이 백두산 끝자락까지 쌓였을 일부 여인들에게 하는 소리지요. 당신들은 잘못이 없잖아요? 모두가 똑같이 우리 아이처럼 아름답게 태어났어요. 남과 비교하지 않아도 되어요.

　다른 사람들은 당신보다 즐겁게 사는 방법을 좀 더 일찍 습득했을 뿐이에요.'

　해운대에서 가장 높고 비싸고 번쩍이는 아파트에서 사는 사람보다 맨땅에 뚜벅이로 걸으며 사는 제가 더 행복하고 즐거울 수 있는 것입니다.

　자신의 인생은 본인 스스로가 정하는 것입니다.

　오로지 좋은 아파트에 살아야 행복하고 즐거운 것이라면 왜 아파트를 물려줄 부모도 남편도 만나지 못했을까가 아니라, 본인이 좋은 아파트를 살 사람이 되도록 노력해야 한다는 것입니다.

　전 어릴 적 잘못된 방법으로 살며 방황하다 가족과 남들에게 수없이 폐를 끼치며 살았고, 사실 지금도 변변찮게 폐를 끼치고 있으니 더 열심히 일하고 공부해야 할 과제만을 안은 셈입니다.

　살기 각박해서 사소한 걱정 따윈 하고 있을 여유가 없을 때가 많지만 이따금 다른 여인들이 가진 남편이 부럽기도 하고 시댁이 부러울 때도 있긴 합니다만.

　"그래 비교하지 말고 방법을 찾자!"

　끊임없이 노력하면 언젠가 제 그릇도 커지고 여유의 언덕에 올라 쉬어 갈 수도 있겠지요.

　예전엔 좋아하는 딸기 한 번 사 먹기 어려웠고, 아기 분유 값조차 없어 쩔쩔맸는데 요즘은 생활이 조금 나아져 나쁘지 않은 것 같아요. 앞으로는 적당히 할 것은 하고 후회 없이 즐겁게 살고 싶어요.

제 스스로 선택한 삶이니까!

이제서야 살 만한 목표가 생겼습니다.
미혼 여성이든, 비혼 맘이든, 한 부모 맘이든, 남편을 잘 만나 오순도순 가정을 꾸려가는 모든 엄마들이 맛있는 것도 잘 먹고 취미생활도 즐기며 아주 행복하게 살았으면 좋겠습니다.
저처럼 혼자서도 어찌어찌 애를 키우는 사람도 무수히 많으니 다 같이 더불어 살며, 어떤 때는 돌싱이고 어떤 때는 미혼모이며 어떤 때는 남편도 있고 즐겁게 지내는 것에 적당하게 자기합리화로 마인드 컨트롤을 해보면서요.
힘들고 지치고 고민이 많죠?
우리 좋게 생각합시다.
어떻게 하면 성적이 더 오를지, 어떻게 하면 가정이 더 오순도순 해질지, 어떻게 하면 돈을 더 잘 벌지, 하나씩 하나씩 이루어서 오는 그 성취감을 느껴보며 더욱더 행복하게 살아요.
"까짓거, 난 혼자서도 애 키웁니데이!"

평범한 가출

김 도 경

코로나로 1년간 백수와 다를 바 없는 생활을 하고 있는 아들이 토요일 오후 2시에 겨우 일어나서 '빨리 일어나 봤자 뭐해?' 하며 투덜댄다.

주말이라 아들하고 점심이라도 같이 먹고 싶어서 깨운 엄마 마음은 몰라주고 자식이!

올해 열여섯 살이 된 아들을 보며 내가 열여섯 살이었던 때를 떠올려본다.

아들은 나의 열여섯 살과 비교하면 아주 편하고 쾌적한 환경에서 자라고 있다.

가끔 이렇게 편한 환경에서 살면 과연 생산적인 생각이 나올 수 있을까? 뭔가를 얻기 위해, 이루기 위해 치열하게 노력할 생각이나 할까? 하는 마음에 일부러 힘든 환경에 노출시키고 싶다는 생각이 들 때도 있다.

먼저 점심을 먹은 나는 냉동실에 있는 돈가스를 꺼내 튀겨서 아들에게 김치랑 밥을 챙겨 주고 집 정리를 했다.

잠시 오래된 사진들이며 일기 같은 것들에 정신이 팔려 정리는 뒷전이고 고삐 풀린 망아지 같았던 열여섯 살의 나를 떠올렸다.

나의 열여섯 살은 부모로부터 독립하기 위해 몸부림쳤던 때이자 나의 어린 시절과 작별하고 어른이 되기 위해 준비하던 때였다.

내 어린 시절은 항상 가난했지만 고통스러운 기억으로 남아있진 않다.

여덟 식구에 반찬은 항상 큰 대접에 김치 한 그릇, 전어 젓갈 한 그릇 정도였고, 명절이나 되어야 부모님은 김 한 장씩을 나눠 주셨다.

주위에 그리 큰 부자도 없을뿐더러 비교 대상이 없어서 그랬는지 남들이 어떻게 사는지 그리 궁금하지도 부럽지도 않았다.

다만 부자였으면 좋겠다고 생각했다.

내가 좋아하는 고기도 많이 먹고 한참 멋을 낼 때라 멋진 옷도 사 입고, 무엇보다 내가 부모님을 빨리 호강시켜 주고 싶었기 때문이다.

어차피 학교 다니는 것은 돈 벌기 위해 졸업장을 따려고 다니는 것으로 여겼다.

지금부터 돈을 벌면 남들보다 훨씬 빨리, 훨씬 많이 벌 수 있겠다고 생각했다.

'내가 빨리 돈을 벌어서 부자가 되어야지.'

그때는 명절마다 도시에서 일하던 언니들이 고향 집에 전세버스를 타고 와서 예쁘게 옷도 입고 화장도 하고 동생들에게 용돈을 주는 것이 부러웠다.

우리 언니들은 둘 다 목포에서 고등학교에 다니고 있어서 내가 언니들한테 용돈을 받을 일은 없을 것 같았고 내가 동생들한테 그렇게 해주고 싶었다.

서울에 가본 적은 없지만 다들 서울, 서울 하니 이왕이면 서울로 가고 싶었다.

그래서 열여섯 살 추석에 서울공장에서 일하던 언니들이 타고 온 전세버스에 올라타기로 결심하고 몰래 작전을 짰다.

서울공장에서 일하는 친구한테 미리 연락해서 그쪽으로 가기로 말해놓고, 추석 연휴 동안 친척들이 준 용돈을 차곡차곡 모아 꼭 필요한 옷과 물건들만 몇 가지 가방에 챙겨 놓았다.

그리고 버스가 서울로 떠나는 이른 새벽 거의 뜬눈으로 날을 새고는 조심조심 도둑고양이 마냥 발소리도 내지 않고 몰래 집을 빠져나왔다.

집을 어느 정도 빠져나오자 안 들키고 잘 나왔구나 싶어 거의 뒷걸음치던 몸을 앞으로 돌려 발을 내딛는 순간, 시커먼 어둠 속에서 어떤 목소리가 들렸다.

"어딜 가나 차 조심, 사람 조심하고!"

흠칫 놀라 자세히 보니 아빠였다. 그 옆에는 엄마가 말없이 서 계셨다.

깜짝 놀라 말도 못 하고 서 있는데 다시 아빠 목소리가 들렸다.

"가서 바람 한 번 쐬고 얼릉 내려 온나."

'아니 돈 많이 벌 때까지 안 올 건디라.'

나는 속에 있는 말은 하지 못했다.

"예. 갔다 올 게라."

나는 대답하며 얼굴은 채 보이지도 않았지만, 부모님에게 인사를 하고 냅다 달렸다.

버스가 출발할 장소에 도착하니 동이 트고 있었다. 벌써 버스에 짐을 싣고 가족들과 반년 또는 1년간의 이별에 인사를 나누며 눈물을 훔치는 사람들도 보였다.

나는 버스에 올라 아직 진정되지 않은 가슴을 가라앉히며 조용히 앉아 있었다.

버스가 움직였다. 그날따라 날이 샜는데도 하늘이 어두웠다. 비가 올 것 같았다.

30~40분 정도 달리자 버스는 해남 우슬재를 지나고 있었다.

차창으로 빗방울이 하나씩 부딪히기 시작하더니 빗물이 창을 타고 흘러내렸다.

이 우슬재를 지나면 해남을 벗어난다. 안도감이 들면서 갑자기 가슴이 쿵 내려앉으며 울컥했다. 그때 어렴풋이 결심했다.

'내가 부자가 되어 성공하기 전까지는 해남에 돌아오지 않을 거야.'

혼자 마음속으로 그런 결심을 하고 나니 아까 어둠 속에서 제대로 인사도 나누지 못하고 온 부모님 생각이 났다.

지금 생각해 보면 딱히 고민거리라고 할 만한 게 없었는데도 뭐가 그리 마음속은 복잡하고 부모님에 대한 불만과 주체할 수 없는 감정의 기복으로 이상한 행동을 자주 했었는지…

내 감정과 에너지는 내가 더 이상 좁은 해남에서 살 수 없다는 결론을 내리게 했다.

내 발로 내가 걸어 나왔으니 언제라도 아빠 말대로 바람만 쐬고 집에 돌아가면 되는데도 무슨 서러운 마음이 들었는지 차창에는 비가 내리고 내 뺨에도 눈물이 흘러내렸다.

25시간이 걸려 서울에 겨우 도착해서 우여곡절 끝에 서울 청계천 옷 공장에서 일하고 있는 친구를 만났다.

 그리고 얼마가 될지 모르는 서울살이를 시작했다.

 옷 공장에서 시다를 하면서 일이 좀 익숙 해질 달포 무렵 집에 전화했다.

 "엄마, 나 도경이여. 나 여기서 잘 지내고 있어라."

 "도경아, 인자 그만 내려 온나."

 "아니. 엄마, 나 돈 많이 벌어 갖고 갈 거여."

 아빠가 전화를 받아들었다.

 "도경아, 학생이 한번 연필을 놓으면 다시는 공부하기 힘든 게 인자 내려 온나."

 그때 나의 결심은 너무나 확고했기 때문에 설득당하기 싫어서 얼른 전화를 끊어버렸다.

 그때 나의 최대 관심사는 시다에서 미싱을 익혀 돈을 훨씬 많이 벌 수 있는 미싱사가 되는 것이었다.

 해남을 떠난 지 2개월이 좀 지났을 때, 사장님이 나와 친구에게 2만 원을 쥐여주며 하루 종일 공장 근처에는 얼씬도 하지 말고 저녁까지 놀다 들어오라고 했다.

 나중에 알고 보니 사장님은 미성년자 불법 취업으로 걸릴까 봐 나랑 친구를 놀다 오라고 보낸 거였다.

 우린 영문도 모른 채 장충단 공원이며 한강이며 신나게 돌아다니며 놀다 지쳐 해질녘에 공장으로 돌아왔다.

지하 계단을 내려가다 보니 일하는 소리는 안 들리고 사람들 말소리가 들렸다.

　'뭐지?'

　도망갈까 하다가 조심히 내려가는데 사장님이 나와 먼저 눈이 마주치며 이리 오라 손짓했다.

　"어, 저기 왔네요."

　동시에 뒤돌아 앉아 있던 엄마가 돌아보며 나와 눈이 마주쳤다.

　엄마는 퍼뜩 일어나 환하게 웃으며 나를 반기며 내 손을 잡았다.

　나도 놀랐지만 반가운 마음에 같이 엄마 손을 잡았다.

　"엄마가 어떻게 여기에 왔어?"

　엄마가 내 말에 대답할 새도 없이 한 남자가 나에게 야단을 쳤다.

　"이놈의 새끼 왜 엄마 속을 썩이고 그래?"

　"느그 진외삼춘이다."

　엄마가 소개해 주었다. 진외삼춘이 뭔지 모르지만 우선 인사를 했다.

　알고 보니 부모님께서는 잠깐 바람 쐬고 올 줄 알았던 내가 2달 이상 돌아오지 않으니 고등학교도 들어가야 하고 해서 이제 찾아와야겠다고 생각했다고 한다.

　그래서 서울에 있는 엄마의 사촌 오빠에게 도움을 받아 내 주소를 알아내서 찾아온 것이었다.

　그날 저녁, 같이 살던 친구와 친구의 사촌 언니는 나와 엄마를 위해 방을 비워주고 다른 곳에 가서 잤다. 내 나이 열여섯 살이었지만 6남매 중에 셋째로 자라면서, 엄마를 독차지하고 둘만 나란히 누워본 것은 처음이었다.

우리는 아무 말도 없이 나란히 누워만 있었다. 그러다 내가 먼저 입을 열었다.

"엄마는 내일 혼자 내려가. 나는 돈 벌어서 갈게."

엄마는 아무 말도 하지 않았다. 그냥 깜깜한 방안에는 코 훌쩍거리는 소리만 들렸다.

"머한디 울고 그라요 참말로. 나도 인자 다 컸어. 내가 돈 벌어서 갈텐께 걱정하지 말고 내일 엄마 혼자 내려 가랑게."

나도 더 이상 말을 못 하고 나도 모르게 양쪽 귀까지 흘러내리는 눈물을 훔쳐냈다.

훌쩍거리는 소리를 들키지 않으려고 옷소매로 코를 닦다가 새벽에서야 잠이 들었다.

다음 날 아침, 나는 엄마랑 같이 가방을 싸고 있었다.

엄마를 더 울게 할 자신이 없었다. 공장 사람들에게 언제가 될지 모르는 기약 없는 다시 만나자는 인사를 하고 헤어졌다.

버스를 타고 서울로 왔던 길을 다시 돌아가는 내 눈에 들어오는 풍경은 두 달 전과는 많이 달라 보였다.

무엇보다 '엄마가 그렇게 작았던가?'하는 생각이 들었다.

엄마는 나를 누구보다 잘 알았기 때문에 그날 밤 아무 말도 하지 않고 나의 결정을 눈물로 기다려준 것이다.

고집은 세지만 어떤 결정을 하더라도 내 결정에 책임질 것이라고 믿고 억지로 설득하려고 하지 않았던 것이다.

그때 엄마는 6남매의 엄마였지만 지금의 나보다 어린 서른여덟 살이었다.

'내 아들이 나 같은 짓을 벌이면 나도 엄마같이 지혜롭게 기다리며 지켜볼 수 있을까?'

다시 학교로 돌아온 나는 부쩍 어른스러워졌다.

아무것도 변한 것 없는 같은 학교, 같은 친구들이었지만 뭔가 비현실적인 느낌이었다.

뭐랄까, 세상을 이미 많이 알아버려서 애들 하는 짓이 내 눈에는 영화 매트릭스 한 장면처럼 한동안은 슬로비디오같이 보였다.

하지만 나는 곧 일상으로 돌아와 친구들에게 나의 무용담을 과장되게 전하며 깔깔대고 웃고 떠드는 평범한 열여섯 살이 되었다.

요즘은 TV보다 혼자 자기 방에서 유튜브 보는 것을 아들은 더 좋아한다.

그래도 아들과는 매일 대화도 나누고 말도 잘 통해서 언제 사춘기에 할 만한 행동이 튀어나오지 않을까? 내심 기대하고 있는데 너무 조용히 지나가고 있어서 언젠간 나오겠지 하는 생각으로 기다리고 있다.

그 나이에는 가끔 말도 안 되는 감정 표현과 행동과 말을 하는 게 자연스러운 것이라는 것을 나를 통해 알고 있기 때문에 내 아들은 어떤 방법으로 본인을 표현할까 궁금하다.

가끔은 아이가 좀 엉뚱한 짓을 벌였으면 하는 기대도 있다.

내가 그렇게 부모님 속을 썩였음에도 그런 일련의 사건을 통해 배울 것이 있다는 것을 알기에, 나는 아들에게도 평범하지 않은 경험을 통해 더 많은 세상을 배우게 하고 싶었다.

"태호야, 엄마는 열여섯 살에 가출했었는데 너도 가출 좀 하고 그래."

"아, 왜 자꾸 가출하라고 그래? 집이 이렇게 편하고 좋은데 어딜가?"

"가출도 한번 해봐야 세상을 좀 알지. 엄마는 해남에서 서울로 가출했었으니까 너는 서울에서 해남으로 가출해 보는 건 어떠냐?"

열여섯 살을 재밌게 지나왔기에 내가 아들과 이런 대화를 나누는 지금, 이 순간이 소중하고 행복하다.

'엄마가 아닌 날보다 엄마였던 날이 더 많았기에, 만약 그 시절로 돌아간다면 과연 그때는 지금의 아들과 무슨 대화를 나누게 될까?'

이번 설에는 엄마로 더 많은 날을 살아온 나의 엄마와 얘기를 나누고 싶다.

엄마가 기억하는 나의 열여섯 살은 어땠냐고.

열여섯 살의 내가 기억하는 엄마의 모습은 여린 외모지만 강한 내면, 나보다 체구는 작았지만 씩씩하고 야무지고 멋졌다고 얘기해주고 싶다.

봄을 기다리는
눈 덮인
작은 씨앗
겨울

내가 너를 안아도 될까?

은서

여린 꽃잎처럼 빗속에 떠는 길양아
내가 너를 안아도 될까?
내가 네게 밥을 줘도 될까?

아무도 믿지 못해 떠도는 길양아
세상에 홀로 남겨진 것이
외로운 그 누구를 닮았구나

먹을 것과 잘 곳을 찾는 길양아
오늘도 하염없이 쫓기며
밤을 하얗게 지새우는구나

삶의 고통을 빨리 알아버려
즐거움 없는 하루하루가 전쟁터네
진정한 안식처를 찾아 나서는
고통스러운 네 눈빛이 나를 닮았네

내가 너를 안아도 될까?
내가 너를 돌봐줘도 될까?

괜찮은 눈물

이 덕 분

어~ 엄마 울어?
왜 울어?

기뻐서 울어
기쁨이 100층이면 눈물이 나는 거야

아! 그렇구나
100층의 기쁨은
괜찮은 눈물이 되네

아~ 아가 우니?
왜 우니?

기쁘니까 울지
엄마 닮은 100층짜리 기쁨이야

아! 그렇구나
엄마 닮은 기쁨도
괜찮은 눈물이 되네

우리만 있었던 건 아니야

풀

혼자서도 씩씩하게 아이 낳고 기르는 일은 엄마가 되면 그냥 하게 되는 일인 줄 알았다.

엄마 성으로 아이 출생신고를 하기 전까지 내 주위에서 미혼모를 본 적이 없었다.

배가 불러오자 불안해졌다.

차분차분 아이와 둘이 살아갈 삶을 준비하며, 먼저 미혼모 시설들을 검색해 전화를 걸었다.

시설을 이용하고 싶다고 했지만, 돌아온 말은 예상 밖이었다.

"나이가 많으시네. 나이 어린 엄마들이랑 같이 살 수 있겠어요? 입소하려면 오늘 면접 보러 와 보세요."

희망을 기대했다가 꺾여진 좌절을 잔뜩 받아들고는 전화를 끊었다.

야단치는 사람이 없는데도 절로 고개가 구부러졌다.

'내가 갈 곳은 아니구나.'

첫 좌절은 꽤 나를 의기소침하게 만들었다. 다시 메모지를 펼쳐놓았다.

확인할 연락처들을 줄줄이 나열하고 크게 숨을 한번 쉬었다.

우리를 도와줄 사람이 전화 받았으면 하는 마음으로 키를 눌렀다.

서울에 남은 하나뿐인 그곳에서 나이만큼 노련해 보이는 조산사를 보자 절로 안심의 숨이 쉬어졌다.

마음씨 좋은 삼신할머니처럼 곱게 미소 지으며 초음파로 아기를 보더니, 춤추듯 말을 쏟아내었다.

"80년 동안 받은 아이 중에 제일 예쁘네. 이렇게 이쁜 아이는 처음이야. 천사네 천사야."

걱정으로 태교를 할 줄만 알았는데, 조산사의 말은 나의 근심을 조금 잠재워 주어 편안한 마음을 갖게 했다.

홀로 살길을 찾아 헤매다 보니 국가의 복지 혜택을 받는 방법이 마지막 희망처럼 보였다.

사람에게 상처 입고 종기처럼 곪아버린 마음 병에 생계비 지원이 가능하다는 정보를 듣고 동사무소 복지사를 만났다.

하지만, 새파랗게 젊은 담당자는 진한 화장품 향기를 뿜으며 상담 내내 같은 말만 반복했다.

"지원 결정 심사에 몇 달이나 걸려요. 젊으시니까 일하세요. 아이 낳고 어린이집 맡기고 일하시면 되겠네요. 왜 도움을 받으려고 하세요.”

이렇게 말하고는 일어서 걷는데, 한눈에 봐도 짧은 한쪽 다리를 절고 있었다.

이 세상에 불편한 삶을 사는 사람이 나만 있는 게 아니란 걸 알아차리곤 멀쩡한 내가 복지 도움을 받을 수 없게 될까 불안해졌다.

“왜요? 안 돼요. 없어요. 몰라요.”

인간미 없이 대답을 쳐내는 복지사 앞에서 나는 결국 울음을 터트렸다.

불안해서 이리저리 살길을 찾아 헤매는 나는 일생을 불편한 몸으로 세상을 맞대고 선 사람을 보자, 더는 도와 달라고 몸을 쭈그러뜨리며 애원할 수조차 없었다.

40도 가까이 오르는 기온에 푹푹 찌는 원룸에 해를 가릴 커튼 하나 없이 살던 내 집에도 아이는 둥지를 틀었다.

몸조리를 혼자 하고 있자니, 출산 소식을 듣고 사람들이 찾아와 위로를 전했다.

겨우 한번 먹을 미역국을 끓일 수 있는 작은 냄비 하나 있고, 텔레비전도 에어컨도 없이 더위를 피해, 가장 그늘진 욕실 앞에 누워 있는 신생아를 보며 안타까워했다.

우리가 사는 곳이 첫 발령지라며 푸릇푸릇 청춘을 빛내던 다른 담당자는 휴일에도 우리가 안전하게 있는지 열정적으로 확인해 주었다.

상자째 내려놓고 간 선풍기를 펼칠 장소가 없어서, 방 앞을 나서 길

바닥에서 조립해야 했다. 완성해서 집안으로 들여주는 것을 보고 연신 고개를 꾸벅이며 감사를 노래했다.

어느 날엔 빵을 들고 오기도 했고, 아이의 예방 접종에도 동행해 주었다.

병원을 다녀오는 차 안에서 인생에 대한 얘기도 좀 나누었고, 전세 임대라는 지원이 현실적으로 가장 좁아터진 원룸을 벗어나기에 좋은 방법이라며 설득도 했었다.

그러자면 자부담금으로 5백만 원이 있어야 하는데 나에게는 그 돈도 머나먼 세계의 금액이었다.

생각해 보면 그동안에는 미래를 꿈꿀 겨를도 없이 하루하루를 살았다.

버는 족족 학비로, 레슨비로, 통조림 안의 옥수수 알갱이처럼 빈틈없이 시간을 세어가며 살았다.

평생 통장의 잔고는 5자리를 벗어나지 못해봤고, 7자리나 되는 돈은 만져보지도 못한 시간이었다.

재산이 없다 보니 복지 혜택은 받게 되었지만, 이 굽이진 언덕을 또 오르내릴 생각을 하니 장판에 엑스레이를 찍고 있을 수만은 없었다.

백일도 안 된 신생아를 싸개로 둘러 팔이 떨어지도록 몇 시간을 품에 안고 부동산을 돌아다녔다.

아이와 나, 둘 다 몸을 눕힐 집을 찾는 데는 몇 달이나 걸렸지만 나는 멈추지 않았고, 드디어 여름 기세를 이기지 못한 어느 가을 초입에서 우린 이사를 할 수 있게 되었다.

너른 방에 아이를 눕히고 그 여 리여리한 얼굴과 눈동자를 내 눈에 내 손에 흠뻑 담으며 행복한 웃음을 지었다.

복지가 그 품을 늘려가고, 오랜 시간 자신의 시간을 희생하며 여성의 삶을 한 계단 더 끌어 올려준 전문가들이 있어 의지할 때 없는 우리를 살려주었다.

고단한 언덕을 오르는 나의 삶이었지만, 나를 도와주었던 사람들이 있었다는 것을 잊지 않고 있다.

나, 너 가리지 않고 먼저 해본 경험을 풀어놓던 사람들과도 일상의 고단함에 소식이 뜸해졌지만, 분명 아이를 낳을 때 내 손을 잡아준 사람들이 있었던 것을 기억한다.

그 도움을 생각하면서 나도 누군가에게 필요가 된다면 쓰임이 되고 싶다.

나와는 전혀 상관이 없던 상황이 내게 휘몰아치는 동안에도, 고립되지 않으려 여기저기 열린 문은 다 찾아보았다.

그러다 보니 어느새, 미혼모에 대한 인식을 개선하는 활동가 양성 과정에 들어앉아 있었다.

어떻게 책을 쓸 수 있나 고민만 하다가 드디어 글자를 알게 된 기분이랄까?

내 음성으로 지금껏 살아온 얘기를 하니, 아이에게 내 성을 준 입장에서 마음을 전할 수 있었다.

죽을 것만 같았던 때마다 나를 대변해 준 예술성을 살려 연극도 하고, 반짝반짝 빛나는 그림도 그렸다. 나의 얘기를 노래로 만들고, 수필도 쓰게 되다니 놀라웠다.

아마 혼자 아이를 키우기로 선택하지 않았으면 오지 않을 크나큰 행운을 만난 셈이다.

오롯이 아이에게만 집중하며, 더불어 나의 상처투성이 어린 시절도 맞닥뜨렸다.

아이에게 화내고 싶지 않은데 내 엄마가 나를 키우는 방식에서 벗어날 수 없었다.

"딱 니 같은 거 한번 키워봐라."

오랜 상처들이 그 말에서 기인하는 것을 알게 되었고 아이에게 긍정적으로 훈육하는 법을 배우고 연습하고 나서야 어른이 된 나까지 치유할 수 있었다.

아이에게 사랑한다고 표현하고 잘했다고 칭찬하고 너의 마음을 이해한다고 다독이는 행동과 말이 나에게 더 큰 힘이 되었다.

이 어마어마한 변화는 3번의 이사와 5년 동안 홀로 아이를 키우는 과정에서 성취한 것들이다.

'나도 했으니 당신도 할 수 있다. 당신의 아이를 포기하지 않으셔도 된다.'

고민하며 힘겨워할 이들에게 조금이라도 도움이 되기를 기대하며 차근차근 시간을 채웠다. 포기하지 않은 나에게도 토닥토닥 어깨를 두드려 주고, 홀로 아이의 손을 잡고 내일을 향해 나아갈 모든 엄마에게 나눠주고 싶다.

여의치 않은 상황 속에서도 소중한 가치를 포기하지 않는 수많은 사람들에게 마땅히 받을 만한 박수를 준비하고 있다.

지금 고민하고 있는 모든 이들에게 용기를 듬뿍 담아 내 손을 내밀어 본다.

"힘드신가요?

하고 싶은 얘기가 있다면, 제게 꼭 연락 주세요!"

겨울로부터 다시 봄으로

세 계

눈이 오는 날은 하늘조차 하얗게 덮을 듯 온 세상을 고요하게 만들었다.

그 광경에 경외심이 온몸에 가득 찼다.

간만에 흙 사이사이를 꽉꽉 채울 정도로 많은 눈이 왔다.

나는 눈처럼 하얀 이를 가진 단짝 친구, 지혜를 졸라 눈밭으로 성큼성큼 뛰어들었다.

"지혜야, 이거 좀 봐! 눈이 엄청나게 와!"

"눈 오는 게 그렇게 좋니?"

"응. 온 세상이 조용하잖아. 잔소리도 없고 얼마나 좋아?"

체온과 맞닿아 녹아버린 눈에 두 발이 뻐득거릴 정도로 젖었다.

지혜는 어서 들어가자고 계속 채근했다.

'이 좋은 걸 두고 아쉬워서 어떻게 가!'

뽀득뽀득 눈 밟히는 소리가 마치 내 고집 소리 같아 웃음이 절로 나왔다.

모든 소리가 하얀 눈 속에 빨려 들어가고, 세상은 내 발소리로만 가득했다.

눈 오는 하늘은 다른 사람들과 함께 공유하고 있지만, 내 발은 혼자만이 누리고 있는 세상 같았다.

눈 위로 살며시 손끝을 내리면 찌릿하게 차가운 느낌이 온몸으로 전달되었다.

학창 시절, 내가 선 눈밭의 느낌은 그러했다.

'눈 오는 날은 세상과 내가 절묘한 균형을 찾는 시간 같아.'

학창 시절 이후로, 내가 이제껏 봤던 모든 사람들은 하나같이 그 절대적인 균형을 찾아서 온 인생을 쉼 없이 달렸다.

모두가 적당히 가깝고 적당히 먼 상태를 선호하지만, 아쉽게도 그런 균형은 인생에서 몇 번 주어지지 않기 때문이리라.

때로는 홀로 혹은 함께, 이 양극단에서 오는 괴리는 평생을 지배하며 인생의 능선을 쉴 새 없이 그려낸다.

모두가 그렇듯 나 역시 태어난 순간부터 가족과 무리를 지어 다니며 함께 살아야 했다.

'가족이란 건 좋든 싫든 빽빽하게 붙어 쉴 새 없이 서로를 쪄대는 시루떡이야.'

나는 떡을 먹을 때마다 그런 생각이 들었다.

　그때는 언젠가 독립할 수 있다는 희망으로 살았다.

　하지만, 막상 가족과 뚝 떨어져 혼자 나오고 나니 덩그러니 떨어진 가래떡 줄기 같은 딱 그 모양이었다.

　웃긴 것은 딱딱하게 굳어버릴 정도가 되니 다시 누군가와 붙어 뜨끈해지고 싶어졌다.

　마치 갈피를 못 잡는 것처럼 평생을 이 '혼자-같이' 사이를 왔다 갔다 했다.

　'가족은 줄기에 난 포도알 같았으면 좋겠어.'

　어쩌다 하나쯤 네모여도 여전히 서로를 포도라 불러주는 가족, 그건 마치 이야기 속 여우가 그토록 가지고 싶어 했던 신 포도와 같았다.

내게 주어진 가족이라는 줄기는 너무나 병약했고, 맥조차 들리지 않을 정도였다.

알알이 탱탱하게 꽉 차 있어, 보기만 해도 가지고 싶어지는 포도송이는 아니었다.

그래서 너무 가지고 싶지만 가질 수 없어서 신 포도라고 이죽댈 수밖에 없는 게 가족이었다.

'이런 내가 어떻게 포도 같은 가족을 맺을 수 있을까?'

나는 매일 같이 비관적인 생각만 들었다.

그러다 누군가가 다가와, 포도 같은 가족을 신경 쓰지 않는 척하는 나를 알아보고 말을 걸어왔다.

"잘 할 수 있어, 괜찮을 거야."

이런 작은 격려들이 힘없이 바닥에 널브러져 있던 마음의 줄기들을 일으켜 세웠다.

'이 사람이 있다면, 나도 좋은 포도를 맺을 수 있을 거야.'

그 사람과 만날 때마다, 이런 생각이 눈덩이처럼 불어났다.

'그래, 꽁꽁 언 겨울의 흙바닥 같은 내 천성도, 어쩌면 보드라운 옥토가 될지도 몰라.'

순식간에 희망이 생선 비늘처럼 일어났다.

내가 그 사람에게 같이 할 수 있다는 답을 주려 했던 날, 나는 얼마나 긴장했던지 심장 판막이 뚝 하고 부러질 것만 같았다.

"괜찮아. 그래서 넌 더 잘 할 수 있을 것 같은데. 너 혼자 정말 힘들었겠다. 내가 뭐 해줄 수 있는 게 없을까?"

그 사람의 첫 말에 희망이 생겨버렸다.

어느새 나는 세상의 혹독함에 꽁꽁 얼어버린 채여서 세상의 따뜻한 것들은 죄다 가지고 싶었다.

내 안에는 학창 시절에 봤던 눈밭처럼 발자국이 끊긴 지 오래된 아주 조용한 설원이 있었다. 그 사람이 디딘 곳에 눈이 녹아 땅 위에 뭉그러졌다. 한 발, 한 발, 다가오며 마치 퍼도 마르지 않는 것처럼 모든 온기를 나의 눈밭에 쏟아부었다.

끝나지 않을 겨울 같은 내 세상에 그 사람의 흔적이 스며들기 시작했다.

'이러다 봄이 오는 건 아닐까?'

나는 막연한 희망이 생겨났다.

그 사람을 만날 때마다 따뜻하고, 온화하고, 모두가 좋아하는 봄이 설레게 다가오는 것 같았다.

'어쩌면 이제 나도 모두가 좋아해 줄지도 몰라.'

이제는 누군가에게 맞추려 애쓰지 않아도 된다는 기대가 나를 부풀리게 했다.

끝이 보이지 않는 하얀 눈밭 위를 같은 바람으로 굽이치는 동안, 우리는 한동안 같은 미래를 꿈꿨다.

그렇게 봄이 되었다고 생각한 순간, 꿈에서 깨듯이 모든 것이 선명하게 보였다.

우리는 누구도 봄이 아니었다.

한여름의 열대야 같은 그 사람과 한겨울 같은 나 사이에 거리가 촘촘하게 붙어 봄처럼 느껴졌던 것이었다.

그 사람과 나 둘 중 누구도 봄이 될 순 없었고, 누구도 자신을 포기하고 싶지 않아 했다.

서로의 본성으로 돌아가려는 알력은 틈을 만들었고, 그 사람은 그의 본성인 여름으로, 나는 나의 설원으로 돌아왔다.

나는 다시 학창 시절 서 있던 눈밭 같은 세상이 되어버렸다.

내가 그토록 그리워했던 세상의 번잡함을 모두 흡수해버리는 고요한 눈의 세계.

그 사람과 헤어진 후 나는 다시 완연한 겨울로 돌아왔지만 달라져 있었다. 겨울 같은 내 몸에 예기치 못한 입주자가 생겼다.

나를 닮은 아이가 태어난 것이다.

계약기간은 어쩌면 평생일지도 모른다. 자식에게 퇴거를 요구할 수는 없으니 말이다.

아이는 차갑기 짝이 없는 겨울의 포도나무에서 자란 포도였다.

나는 내가 포도알일 적에 네모라고 생각했는데, 아이는 오각형 같은 포도알이다.

머리 아플 정도의 독특함이나 곤란할 정도로 멋있다는 생각이 드는 아이.

아이는 내 마음의 눈밭을 마음대로 뛰어다녔다.

이런 곳이 있었나 싶은 곳에도 발자국과 흔적을 잔뜩 남겼다.

그리고 아이는 깔깔 웃으며 내 눈밭 세상을 웃음소리로 가득 채워 넣었다.

문득 평생을 그토록 바라던 정적과 완전한 겨울을 다시 누릴 수 없을지도 모르겠다는 생각이 들었다.

그러나 이것도 신기하게도 매우 괜찮았다.

"그만 뛰고 이리 와봐!"

나는 왁자지껄하게 뛰어다니는 아이를 불렀다.

양팔을 벌린 아이가 달려와 나에게 와락 안겼다.

'아, 따뜻해.'

나는 이제 더는 봄을 기다리지 않았다.

봄이 가진 적당한 따스함과 상냥함을 부러워하지 않았다.

나는 눈의 온기를 품은 겨울이다. 따뜻한 마음을 가진 아이가 내 품에 꼭 안겨 있으니까.

아이는 아직 어려서 포도알이지만, 설원의 하얀 눈밭을 매일같이 먹으며 설원의 때를 지내고 있다. 시간이 다하면 그 알맹이 속 씨앗 같은 가능성이 민들레 홀씨처럼 터져 나와 자신의 계절로 날아갈 것이다.

이 끝없이 펼쳐진 하얀 세상에서 나는 더욱더 나다워질 것이다.

적당한 그 어딘가에서 아이는 자신의 방법으로 풍성한 눈과 바람을 한껏 먹으며 배를 가득 채워 나갔다.

우리는 매일 하얀 눈밭 같은 꿈을 꾸는 셈이다.

그렇게 나날이 아이는 커지고 온 세상을 끌어안을 정도로 팔다리가 길어지면, 마침내 겨울이 있던 곳에 아이의 계절이 올 것이다.

'나의 계절, 겨울이 지나고 아이의 계절이 오는 날, 또 어떤 장관이 펼쳐질까?'

가슴 가득 하얀 빛이 들어차는 것만 같다.

정신력 금단일기

세 계

'정신력으로 버텨라!'

나는 이 말을 아주 싫어한다.

당근을 싫어하듯이 싫어하는 것보다 뜨거운 물에 호되게 덴 후 뜨거운 물만 보면 진저리치는 그런 맥락으로 싫어한다.

안타깝게도 물적 자원이 척박한 집, 인력을 자원처럼 갈아 쓰는 나라에 태어나버렸다.

덕분에 정신력이라는 것은 한 가정을 넘어 국가 차원에서도 굉장히 귀중한 자원으로 취급되고 있다.

한 사람의 정신력을 아낌없이 탈탈 넣으면 최소의 투자로 최대의 효과를 얻을 수 있기 때문이다.

다들 이런 고생을 어떻게 해내는지 도통 알 수 없다.

알면 알수록 나만 계속 작아지는 느낌.

집에서는 계속 더 잘 할 수 있다며 채근해댔고, 나는 내가 뭘 할 수 있는지조차 몰랐다.

그날도 누구와 싸운 적은 없지만, 온몸에 절은 패배감을 진하게 느끼며 집으로 돌아왔다. 웬일인지 아빠와 엄마가 외식하자고 했다.

식당의 TV에서 취업 이야기가 계속해서 나왔다.

아빠는 늘 그렇듯이 내가 무슨 생각으로 미래를 준비하고 있는지 물어봤다.

주문한 순댓국이 까만 뚝배기에 담겨 나왔다.

다행히 순댓국에서 자욱하게 올라오는 증기가 내 표정을 수습해 주었다.

"아빠, 왜 이렇게 모든 것들이 어려워 보이는지 잘 모르겠어."

"넌 그 정신력으로 무엇을 하겠냐?"

"엄마, 이렇게까지 했는데 이제 좀 그만해야 할까?"

"넌 그렇게 정신력이 약해서 어떡하니."

아빠와 엄마에게 정신력에 대한 핀잔을 들어온 지 장장 30여 년째다.

뜨거운 순댓국은 늘 까만 뚝배기에 담겨 나오는 것처럼, 먹고살겠다는 열정으로 내 뚝배기를 뜨겁게 데워야 했다.

이렇게 대바늘 같은 핀잔을 부모님에게 들은 날이면 정신력이 발동되어 체력은 장작처럼 활활 태워졌다.

뻑뻑하게 뻗어버린 뉴런에 기름칠하는 데는 에너지 드링크만 한 게 없었다.

아이가 태어난 이후로는 체력을 전보다 최소 1.5배는 더 태워야 같은 수준의 효과가 나왔다. 그래서 나는 태웠다. 열심히 최선을 다해 태웠다.

나에게는 딱 2개 자아가 있는데, 출근하는 자아와 아이를 보는 자아가 있다.

이 자아들을 어떻게 관리하느냐에 따라 그날 하루가 결정됐다.

출근하는 자아는 주로 이런 말들을 상대했다.

"결혼 안 해?"

"애가 있었어?"

"좋은 사람 만나야지."

나는 절대 웃기지 않는 말을 예의상 웃으면서 쳐내는 아주 굳건한 워킹 맘이다.

이를 관장하는 출근하는 자아는 주로 여성-일꾼(worker)-가장-나 자신으로 이루어진 네 개의 욕구를 조절하는 일을 했다.

목적은 단 하나다. 살아남는 것이다.

그래서 열심히 웃었다.

사석에서는 절대 웃지 않을 일도 웃고, 화낼 일도 웃고, 짜증 나는 일에도 더 크게 웃었다.

출근하는 자아는 워킹(working) 하는 동안에는 맘(mom)이 되고 싶지 않아 했다.

아무리 애를 써도 업무 사이사이로 치고 들어오는 엄마로서의 일에 절로 한숨이 나왔다. 능력 있는 일꾼으로만 존재할 수 없음을 끊임없이 상기시키는 것만 같았기 때문이다.

왠지 나는 이곳에 맞지 않는 사람 같아 쉽게 우울해졌다.

위기 상황이라고 인식했는지 머릿속을 정신력이 잠식했다.

"이게 이런 건가? 아니야, 이렇겠지? 설마, 이런 거야?"

웅-웅, 크게 소리 내며 이유 없이 태워지는 정신력 덕에 인생이 머릿속에서만 공회전을 돌았다.

출근하는 자아가 성공적인 퇴근을 위해 재빨리 정신력을 차단했다.

그제야 나는 엉덩이를 떼어 씩씩하게 걷기 시작했다.

"그래, 어쩌겠어. 해보는 수밖에 없지!"

아이를 보는 또 다른 자아 역시 정신력에서 멀찌감치 띄워놔야 했다.

그렇지 않으면 내내 자신이 아이를 보는 자아만으로 구성된 건지, 아니면 아이를 보는 자아와 원래 기존의 나를 대변하던 자아와 합해진 건지 궁금해하면서 시간을 다 써버리기 때문이다.

그 질문에 대한 답을 찾은 것 자체가 애초에 불가능하거니와, 답을 쫓아가는 시간과 다른 금쪽같은 시간을 쪼개 해야 할 일이 산더미였다.

퇴근 후 집에 가면, 아이는 절대 자지 않고 끊임없이 이야기했다.

아이의 선생님은 앱으로 상담을 요청하고, 내일 있을 활동에 대한 안내와 동시에 준비물 요청을 보내왔다.

저번에 썼던 앞치마를 벽장에 두었던 것 같은데 절대 찾을 때는 보이지 않았다.

"아씨, 이게 아닌데."

소리 내서 말하고 나니 애써 크게 부풀렸던 자존감이 푹 꺼져버렸다.

꽤 애를 썼는데도 냉장고며, 옷장이며, 청소상태며, 마음에 드는 게 하나도 없었다.

웅-웅-웅, 다시 인생이 헛돌고 있었다.

'앗, 위험신호다!'

나는 무의식적으로 정신력을 붙잡았다.

다시 정신력을 끊고 한 발 떨어져 생각해 봤다.

"아무리 생각해도 너무 잘하는 것 같은데 말이지. 어디서 새는 걸까? 근데 말이지, 새는 바가지는 자기가 새고 있는 줄 알기나 할까? 뭐, 알아도 자신이 막을 수 있으려나…"

나는 바가지지만 인간이기에 스스로 새는 곳도 찾아야 했고, 스스로 새는 곳도 막아야 했다.

'이거, 다 할 수 있을까?'

이제껏 인생의 고난에서 대부분 정신력으로 버틸 수 있다고 생각했으나 대단히 큰 착각이었다.

"아, 머리 빠질 것 같다. 으악, 정말 머리가 빠진다!"

정신력은 이때까지 과대평가 받았다.

긴 세월 동안 나는 우수한 정신력을 함양하기 위해 신발조차 가지런히 벗었지만 돌아온 것은 허망함뿐이다.

모든 것에 정신력을 깃들이면, 내가 가지런히 신발을 벗듯이 아이 역시 가지런한 신발처럼 잘 다듬어질 것으로 생각했다.

그러나 세월이 지난 뒤 보인 것은 나를 키운 건 악바리 근성처럼 이를 악물던 정신력이 아니라는 것이다. 가지런하게 놓이는 단 하나의 수를 놓기 위해 수를 놓고 트기를 반복하듯이, 매일 같이 아이를 씻기고, 먹이고, 재우고, 눈 맞춰주던 그 반복적인 일들 속에서 성장은 일어났다.

매일 밤 아이가 쓰러지고 나면, 얼른 준비물을 가방에 우르르 쏟아 넣고, 여우비 맞은 듯 번개같이 샤워했다. 드디어 오롯이 내 시간이라고 할 수 있는 시간이 되면 어딘가 아쉬운 느낌에 침대에 누워 휴대폰 화면을 툭툭 쓸어 넘기거나, 친구와 별일 아닌 것에 열 올리며 이야기했다.

다시 아침이 되면 흐릿한 정신과 시야로 하루가 들어왔다.

'여긴 어디? 난 누구?'

살짝 혼이 나가버린 와중에 아이는 내 주변을 빙글빙글 돌면서 끊임없이 말을 했다.

"엄마, 이건 뭐예요? 엄마, 저건 뭐죠? 엄마, 이건 왜 이래요?"

나는 속으로 먼저 진심이 불쑥, 솟아올랐다.

"그러게..."

나는 그저 무엇이 오던 핑계 없이 그저 전부 다 씹어 삼켰다.

가리지 않고 주어진 것을 묵묵히 씹었다.

마치 생각하는 법을 알지 못하는 것처럼 철저히 필요한 근육만 움직여 이내 꼭꼭 삼켜냈다.

까다로운 회사 생활이 음식 속 생강 조각처럼 알싸하게 올라와도, 토끼 같은 자식새끼 생각하며 멀쩡한 척, 아무렇지 않게 꿀떡꿀떡 삼키는 것처럼 말이다.

'만약 지금까지 줄곧 정신력으로 살았다면 어땠을까? 이미 한 줌의 재가 되어 바람을 타고 세상을 떠돌고 있을 거야.'

과거에 정신력으로 신화를 이루었던 그 많은 이들도 사실은 정신력이 아닌 다른 무언가로 버텼을 것이다.

정신력에 매달려 삶에 질질 끌려다니던 나를 기억한다.

나는 끝을 하염없이 기다렸으나, 정해진 시간이 지나면 마주하는 하루의 끝 이외에 다른 결말은 아직도 보지 못했다.

정신력을 끊은 지금은, 그때는 도저히 보이지 않던 곳을 본다.

나의 눈이 닿은 곳은 나의 때가 닿는 곳이다.

충분히 때를 채우고 나면, 나는 지금 내 눈을 두는 그곳에 도달할 것이라는 믿음을 향해 희망을 돌리며 전진한다.

그리고 이 풍요가 계속 이어질 것이라는 기대 역시 가득하다.

나는 매일같이 두 개의 자아와 헤아릴 수 없는 욕구들 사이에서 균형을 잡으며 살아간다. 어느 정도 도가 텄는지 상황에 따라 적당한 자아를 조합하여 인출하는데 익숙해졌다.

수십 개의 자아를 조합하는 일을 온종일 하고 나면 저녁쯤에는 이미 탈진해있다.

그러나 예전과 달리 내일도, 모레도 이렇게 반복되는 일상임을 알지만, 정신력에 기대어 살던 그때만큼 무섭진 않다.

삶은 서핑과 같다는 걸 알게 되었기 때문이다.

내 키보다 높은 파도를 보면 바짝 긴장을 하게 된다.

그러나 삶이란, 물을 코끝까지 먹지 않으려면 오히려 온몸에 긴장을 풀고 물결을 탈 줄 알아야 한다.

이제 아침은 온몸을 바짝 굳게 만든 정신력을 풀어내는 일부터 시작한다.

오히려 덜어낼수록 채워진다고들 하지 않던가!

손발을 탈탈 털며 긴장도 함께 떨쳐낸다.

오늘의 공기는 어떤지 크게 새 숨을 마셔본다.

"와라, 오늘아! 나는 준비되었다!"

그 자그마한 빛이 말을 건다

땡스

 그때부터였던 것 같다.

 터널 속에서 헤어 나오지 못할 것 같던 아득한 시작점이.

 뱃속의 태아가 사람의 몸으로 미처 생성되기도 전인 임신 초기 상태였던 그때, 나는 아이 아빠와의 헤어짐을 결심하면서 한 편으로는 막막해져 갔다.

 하지만 그래도 해낼 수 있다는 자신감으로 전혀 생각해 보지 못한 '낯선 세상, 낯선 삶에서 가장 고결한' 싱글맘으로서의 길을 가게 되었다.

 결코 쉽지 않을 거라 예상했지만 홀로 감당하게 될 출산과 양육을 만류하는 부모님, 걱정과 안타까움으로 가득 찬 주변 사람들의 시선은 힘들게 마음먹은 나에게 더 큰 상처로 돌아왔다.

그렇지 않아도 애써 숨겨왔던 위축된 마음을 더욱더 작아지도록 했다.

그 와중에 받아들이기조차 더 힘들었던 건 아이 아빠의 태도였고, 나와 아이를 자신의 삶에서 지우고 싶어 했다.

그것을 느끼며 직면하는 일은 겪어보지 않은 사람은 모를 것이다.

그와 나는 친척 소개로 만났다.

그러나 결혼을 결심하기엔 짧은 연애 기간을 거쳐 결혼식을 올리기까지 우리가 함께 했던 시간은 7개월여밖에 되지 않았다. 어떠한 일에도 크게 감정이 요동하지 않던 그가 좋았기에 평탄하고 평범한 결혼 생활을 함께 할 수 있을 것이라고 꿈꾸며 선택한 사람이었다.

하지만 그저 평범하게만 살고 싶었던 나의 바람이 과한 욕심이었을

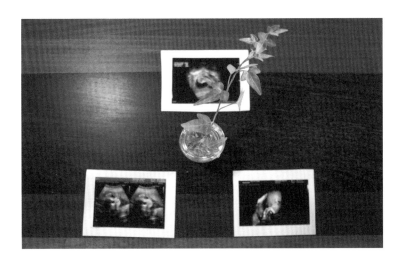

까?

'헤어지는 게 좋겠어.'

우리는 짧은 연애 기간보다도 더 짧은 3개월이라는 신혼생활을 끝으로 혼인신고도 하지 않은 상태에서 헤어짐을 눈앞에 둔 사이가 되어 버렸다. 더군다나 그때 내 뱃속에는 지금 너무나 씩씩하게 자라준 초등학생이 된 아이가 잉태된 시점이었는데도 말이다.

임신의 기쁜 소식을 누리기도 전에 헤어지게 되면서 그는 모든 것을 정리하는 시점이니 아이도 깔끔하게 정리하자는 요구를 너무도 당당하게 해왔다.

오히려 그 말이 나에겐 이 아이를 온전하게 사랑하고 잘 키워낼 수 있는 사람은 나뿐이라는 결론에 이르도록 했던 것 같다.

그래서 더 단단하게 마음먹고 신께서 허락하신 이 아이를 나라도 지켜내야 한다는 굳은 다짐을 하며, 나는 그에게 단호하게 흔들림 없는 목소리로 말했다.

"아이를 무조건 낳아서 나 혼자라도 키워내겠어!"

나는 뜻을 굽히지 않았다.

그는 결국에는 아이를 빌미로 돈을 뜯어내려는 인간으로 나를 매도하기에 이르렀다.

"그래. 다시는 연락하지 말자."

이 말을 끝으로 그렇게 우리의 짧은 인연은 끝이 났다.

어느덧 아이의 외모가 아빠에서 점점 내 모습으로 똑 닮아가는 그 시점이 될 무렵, 아이도 나도 씩씩하게 자라가고 있었다.

물론 사회적 편견, 정부에서 받는 도움, 친척들과 지인들의 안쓰러움의 눈빛, 물심양면으로 도와주는 후원처들이 나에게는 울타리처럼 둘러쳐져 있었다.

 이 모든 상황이 나를 아프게도 했다가 때로는 힘을 주기도 했던 햇빛과 비바람, 어떨 때는 강풍이었기에 가능했던 일이라고 생각한다.

 나에겐 이미 아이의 존재만으로도 어떤 편견에 맞서 싸울 용기가 충분해져 갔고, 흔들림 없이 꿋꿋해져 갔다. 그리고 더 단단해지려 늘 기도하고 다짐했다. 적어도 그때는 그랬다.

 그러나 나의 이런 마음가짐이 무너지는 시기가 예상보다 일찍 왔다.

 어떤 한계에 도달했다고나 할까?

 길고 긴 터널의 악몽 속에 빠져 발버둥을 치며 허둥대고 있는 나를 발견하게 되었고, 모든 것이 두려워졌다.

 이 긴 어둠의 터널에서 빠져나오지 못할 것 같아 우울한 나날이 계속되고 있었다.

 '아, 힘든 일은 한꺼번에 온다고 했던가?'

 맞벌이가 아닌 홀 벌이로, 워킹맘으로서 온종일 온갖 비바람을 맞다가 퇴근한 나를 반기는 아이의 재롱이 어느 날부터인가 힘이 되지 않음을 느끼게 되었다.

 아마도 직업이 아이들을 돌보는 어린이집 교사였기에 그 또래 아이를 또 돌봐야 하는 퇴근 후의 집은 휴식처가 될 수 없었던 것 같다.

 책임감을 넘어 내 선택이 잘한 것인가를 묻고 또 묻는 날이 계속되었다.

부모님조차 위로가 되어주지 못했고, 답답해하며 안타까워서 하는 표현들이 나에겐 오히려 뾰족한 독 가시로 생살에 생채기를 내듯 가슴속에 못이 박혔다.

'누구 하나 나를 이해해 주는 사람이 없어.'

어느새 나는 나 홀로 만든 감옥에 갇혔고, 태어나서 처음으로 죽고 싶다는 생각으로 하루하루를 보냈다.

그러던 어느 날, 아이가 고열에 시달려 입원하게 되었다.

아기였기에 남들은 으레 1인실에 입원하던 시기였다.

하지만 나는 차마 병원비가 부담되어 6인실로 결정하였는데 그게 큰 파문을 불러오게 될지 전혀 예상하지 못했었다.

아이는 병실의 차가운 분위기와 주사의 트라우마 때문인지 잠도 자지 못하고, 잠시도 병실에 있으려고 하지 않았다. 나 또한, 밤새 잠도 못 자고 병원 복도를 전전하며 병실이 아닌 쉼터에서 밤새도록 아이를 부둥켜안고 울면서 며칠간을 보냈다.

'아, 너무 힘들다.'

나는 문득 이 모든 상황을 이제는 그만하고 싶어졌다.

아이를 안고 달래던 중 9층이던 병원 복도에서 바깥을 바라보다가 극단적인 생각을 품고 모든 것을 포기하고 싶었다.

그런 내 마음을 알았는지, 내가 걱정되어 달려온 엄마에게 말했다.

"엄마, 나 이제 그만하고 싶어."

"그게 무슨 소리야?"

"엄마 앞에서 할 얘긴 아니지만 나 애 안고 여기서 뛰어내리고 싶은 마음밖에 안 들어."

"힘들어도 그런 얘기는 하지 마. 아직도 너무나 견디기 힘든 시간 이지만 이제껏 우리 함께 이겨냈잖아."

무뚝뚝해서 원체 표현을 잘 하지 않던 엄마가 내 손을 꽉 잡으며 간절하게 말했다.

엄마의 마음이 손끝에서 뜨겁게 전해져왔다.

엄마와 나는 내 품에서 잠든 아이를 함께 끌어안고 눈물을 흘리면서 다시 새 힘을 주시길 기도하였다.

"넌 할 수 있어. 엄마니까!"

어찌 보면 별것 아닐 수 있는 그 작은 표현이 벼랑 끝 낭떠러지의 나를 꼭 감싸주는 큰 날개처럼 느껴졌다.

그렇게 위기를 가까스로 모면한 나는 다시금 아이를 보며 자신을 토닥이듯 또 바쁜 삶을 이어 나갔다. 퇴근해서 짧은 시간이라도 아이와 함께 즐겁게 보내려고 했다.

유일하게 쉴 수 있는 주말에는 집에서 먼 거리 일지라도 대중교통을 이용해 아이를 데리고 여기저기 체험하며 좋아하는 것들을 다양하게 경험하려 애를 썼다.

나는 체력이 좋지 않아 금세 지치기 일쑤였다.

병이 나도록 병원을 제집 드나들 듯했지만, 아이의 행복해하는 모습만으로도 큰 보상을 받는 듯 뿌듯해져 갔다.

단지 이것만으로 충분하다고 생각했다.

하지만 아이는 아빠의 빈자리를 느끼며 점점 보고 싶다는 표현을 하기 시작했다.

비록 나에겐 형편없는 남자 일지라도 아이에게는 세상 그 무엇보다 보고 싶은 아빠가 아니었을까? 아빠라는 자리가 나의 부단한 노력에도 채워질 수 없다는 생각에 순간 허무함이 올라왔다.

그리고 그 아픔이 가시처럼 돋아났다.

그렇지만 나의 소중한 아이가 상처받고 아빠를 그리워하는 모습을 그냥 보고만 있을 수는 없는 노릇이었다. 정말 하고 싶지 않았지만, 용기 내어 아이의 아빠에게 연락했고, 아이는 아빠라는 사람을 생애 처음 만날 수 있었다.

"아빠!"

아이는 아빠라는 자체만으로도 너무나 행복해했다.

사진으로만 봐왔던 아빠를 태어난 지 4년이 지나서야 직접 만나게 된 순간 '저분이 네 아빠야'라는 나의 설명이 굳이 없어도 곧바로 알아채며 그에게로 달려가 안기는 상황이 내 마음 한편에선 이상한 감정으로 소용돌이 쳐져 무척이나 힘들었다.

언제나 놀던 집 앞 놀이터였지만 아빠에게 응석 부리며 두 팔 벌려 안아달라 표현하는 아이가 낯설었다. 하지만 그 작은 표현이 그동안 다른 아이들이 아빠에게 폭 안겨있을 때 '얼마나 부러웠을까?'하는 생각으로 밀려오자 말할 수 없이 가슴이 아려 왔다.

채 두 시간이 되지 않는 만남이었지만 아이는 너무나 행복한 표정으로 아빠와의 만남을 추억하며 또 이야기하고 이야기했다.

그 후로 두 번의 만남이 더 있었지만 역시 사람은 변하지 않는다는 것을 입증해 주듯 그는 이 핑계 저 핑계를 대며 더는 아이를 만나러 오지 않았다.

아이 아빠의 회피로 지난 두세 번의 만남은 또 한순간의 연기가 되어, 아이와 나는 행복했던 한때의 원치 않는 추억쯤으로 간직할 수밖에 없게 되었다.

그 후로 나와 아이는 서로를 가장 믿고 의지하는 세상 제일 편한 친구로 지낸다.

아이는 벌써 나와 심도 있는 대화가 가능할 정도로 생각이 깊은 초등학생이 되었다. 아이와 함께 겪어 온 이 지난날들이 약이 되어 서로를 응원하고 지지하는 깊은 뿌리로 자리 잡았다.

이제는 그 어떠한 태풍이 오더라도 흔들리지 않을 것 같다.

그리고 비로소 길고 길었던 터널의 끝에서 자그마한 빛이 말을 걸어오는 것 같다.

"지금까지 잘 이겨내고 힘차게 달려와 준 너를 아낌없이 응원해! 조금만 더 힘내보자. 분명 저 터널 끝 어딘가에서 밝은 빛 미소가 응답할 거야."

그 자그마한 빛은 강하고 따뜻해서 내 마음에 온통 환한 불빛이 켜지는 것 같았다.

'아 그렇지!'

나 또한 이 한줄기의 빛에 크게 함박웃음을 지으며, 그 터널 끝 어딘가에 있을 나에게 설렘 가득 담아 외치고 싶다.

"이제 곧 만나!"

어둡고 끝이 보이지 않던 긴 터널을 용기 있게 지나와 비로소 미소 가득한 예쁜 나를 만날 그날을 손꼽아 기다리는 현재의 나를 응원한다.

그리고 터널 속에서 아직도 방황하는 그 누군가들이 있다면 그들에게도 이 자그마한 빛이 응원의 빛이 되어 쏟아지기를 바란다.

작디 작은 빛이라도 포기하지만 않는다면 충분히 어둠을 밝히고도 남을 희망의 빛이 될 테니까!

애벌레와 번데기

수 페

"엄마, 오늘 미세먼지 어때요? 우리 새막골로 갈 수 있나?"

설 연휴 동안 콧바람도 못 쐬고 세뱃돈 농사도 망한 아이가 아쉬움을 한가득 담고 물어왔다. 몇 주 동안 새막골 가고 싶다며, 온갖 투정과 애교를 번갈아 발사했지만, 번번이 이런 이유 저런 핑계에 막혀 못 나간 차였다.

새막골은 시립생태공원이다. 거리는 멀지 않은데, 가는 길이 좀 막혔다. 내 오른쪽 엄지발가락 뼈는 1주 전부터 미세골절 상태라 설 연휴로 밀리는 도로는 운전하고 싶지 않았다.

"미세먼지 괜찮으면 내일 가자. 일요일 오전엔 한가할 거야."

일요일 아침이 되었다. 너무너무 나가기 싫었지만, 약속은 지켜야 했다.

"가서 딱 2시간만 있다가 오는 거야. 점심은 집에서 해 먹고."

10시쯤 집을 나서니 도로는 거의 비어 있었다. 공원 주차장에 들어서자 아이가 으스대며 말했다.

"엄마, 주차장 차단기도 올라가 있어요. 오늘 오기 딱 좋네!"

"요금 안 받아서 그런가? 생각보다 사람들이 좀 있네. 오늘은 어느 쪽 길로 갈 거야?"

"사람들 없는 쪽이요."

전에 주로 다니던 오른쪽의 큰길 대신, 아이는 산 밑에 난 왼쪽 길을 택했다. 손에는 길쭉한 과자 통을 들고 있었다.

"그 통은 뭐니?"

"채집통인데요."

"아, 제발. 공원에서 사는 애들 좀 데려오지 마! 너를 외계인이 납치해서 외국에 내려놓으면 기분이 어떨 거 같아?"

100번은 들었을 핀잔에 아이는 금세 볼멘소리로 대꾸했다.

"어차피 겨울이라 데려올 애들도 없어요. 그냥 갖고 와 본 거지."

아이는 과자 통을 들고 신중하게 지면과 나무 옹이구멍, 돌 밑을 들여다보았다. 나는 이 공원에 사는 곤충과 벌레들이 똑똑하게 처신했기만을 바랐다.

'아무것도 나오지 마라, 제발! 꼭꼭 숨어 있어라.'

"엄마! 엄마! 이것 봐요!"

'헉, 뭐지?'

나는 어떤 운 없는 애벌레나 곤충이 수사망에 걸려들었나 싶어 가슴이 철렁했다.

"어, 뭐가?"

뼈대만 남은 겨울나무의 굵은 줄기에 낡고 누런 수세미를 갈아 붙인 것 같은 덩어리들이 붙어 있었다. 역겨웠다. 지난해 여름에 이 공원에 왔을 때 봤던 '징그러운' 나방들이 떠올랐다.

"완전 징그럽다. 이거 없애려고 시에서 자원봉사도 받는대. 매미나방인가 뭔가."

"와아, 저번 여름에 엄청 날아다닌 거?"

나무를 안 가리고 다 먹어 치운다는 녀석들이 알도 엄청나게 붙여 놓았다. 낙엽이 다 떨어진 11월부터 알집 제거를 한다는데 이 나무에는 유독 알집들이 높이 붙어 그런지 해를 넘기도록 무사했다.

알집마다 수백 마리씩 나방 애벌레가 나오는 모습을 떠올리니 속이 좋지 않았다. 아이도 이건 담아가지 않을 거라는 점은 확실했다.

천천히 몇 발자국을 떼었다. 또 알집이 있었다. 이번에는 사마귀였다.

아이는 못 봤고, 나는 봤다. 알려주어야 하나 말아야 하나 갈등하다가 결국 아이를 불렀다.

"여기 사마귀 알집들이 있어."

"어디? 어디?"

불안하게도, 아이가 너무 반가운 얼굴을 하고 달려왔다.

'가져가겠다고 하지 마라. 하지 마라.'

"여기 비누거품 덩어리 같은 거 보이지? 이거 가져간다고 하면 안 된다. 사마귀가 고르고 골라서 낳아 놓은 거니까 방해하지 마."

매미나방 알집들도, 높은 나무 위에 낳은 영리한 어미의 작전 성공 결과물일 텐데, 아까랑은 참 다른 내 마음이 얄궂게 느껴졌다.

나름 이유는 있었다. 사마귀 알집은 나무 둥치에 겨우 두 개고, 비단 같은 질감이 나무랑 잘 어울렸다. 매미나방 알집은 그에 비해 너무 많고, 털이 징그러운 데다 나무의 병변처럼 보였다.

내가 잠시 한눈판 사이 아이가 사마귀 알집을 털어서 과자 통에 담을까 봐 예의주시하면서 발걸음을 옮겼다.

이곳은 생태 공원이라고는 하지만 도시 근린공원이나 다를 바 없는 곳이니, 내 아들 같은 애들이 근처에 몇 명만 산다 해도 생태 '파괴' 체험공원이 될 것이었다.

"그냥 둬야 다음 겨울에 네가 여기 오면 또 사마귀 알집을 볼 수 있지. 집에 알집 들고 가 봐, 봄 날씨나 되어야 나온다고. 그리고 사마귀 나오면 걔 먹이를 다 어떡할 거니?"

"아, 알았다고요. 그만 얘기해요."

채집 욕구가 좌절된 청소년은 엄마의 긴 잔소리에 부루퉁한 말투로 소심하게 반항했다. 그러고는 쌩하니 내 옆을 뛰어 지나갔다.

'요놈 자식! 엄마는 발가락 아파서 못 뛴다 이거지?'

아이는 그렇게 뛰쳐나가듯 달려간 보람을 금세 찾아냈다. 가시덤불이 이어진 생울타리 앞 표지판에서 나비에 대한 글을 읽은 것이었다.

"엄마, 여기 탱자나무 있어요! 우리 호랑나비 찾아봐요."

"박사님. 지금 겨울입니다."

"아, 그렇지. 그럼 알 찾아봐요. 아니, 알도 아니구나. 잎사귀가 하나도 없네. 그럼 번데기 찾아봐요. 여기 번데기가 있을지도 몰라요."

아이가 찾아보라는 곳은 쳐다보기만 해도 가시에 눈을 찔릴 것 같은 덤불이었다.

"엄마, 가시 조심하세요!"

아이가 흥분을 담고 외쳤다. 이렇게나 탱자나무가 많으니 나비 번데기를 하나라도 찾을 수 있으리란 기대가 가득했다.

나는 키도 크고 덩치도 큰 탱자나무들이 이어져 있는 생울타리 끝을 돌아 울타리 안쪽에 무릎을 굽히고 앉았다. 아무래도 번데기가 있다면 비와 눈을 피해 가지 밑에 있을 듯해서였다. 하늘을 배경으로 탱자나무 가지들을 올려다보니, 가시가 더욱 무시무시했다.

하지만 참새들은 그 빽빽한 덤불 사이로도 잘만 들어갔다. 가시가 더 빼곡한 아주 가운데 자리만 빼고.

"엄마, 새들은 작아서 가시도 다 소용없나 봐. 애벌레도 새들을 피해서 번데기 됐겠죠?"

"안 그러면 먹혔을지도 몰라."

"어휴, 살아남은 게 있어야 하는데! 어? 이거, 번데기 아닌가?"

아이는 새끼손가락 한 마디 길이로 동그랗게 말린 갈색 물체를 가리키며 기뻐했다.

"음, 그건 나뭇잎이야."

번데기는 가시 돋은 마디에 제 끝을 붙여두는 거라고 말해주었다.

제가 뽑은 실에 머리를 기대고, 꽁지는 비 오고 눈 오고 바람이 불어도 떨어지지 않게 딱 붙인다고. 이 겨울을 나는 번데기는 그렇게 버텨내야 봄에 나비로 깨어날 수 있는 거라고.

그렇게 말하며 나는 몇 년이면 50살이 될 내가 애벌레인지, 번데기인지 잘 모르겠다고 생각했다. 웅크리기엔 아직 먹어치워야 할 잎이 많은 것 같고, 날개는 빨리 펼치고 싶고.

그렇게 자연스레, 나방도 아니고 사마귀도 아닌 나비한테 나를 이입시키고 있었다.

혐오스러운 알집들을 잔뜩 싸질러 놓은 매미나방은 제 자식만 싸고도는, 목소리 큰 부모들 같았다. 사마귀는 비단 같은 알집을 너무 눈에 잘 띄는 곳에 부려 놓았다. 불완전변태이니 알에서부터 제 부모 판박이인 애들이 쏟아져 나올 것이고 번데기도 없을 것이었다. 내 삶에서 만났던 '웅크림이 없었던 것 같은 사람들'을 떠올렸다.

"번데기 되게 안 보이네. 여기 없는 거 아닌가?"

아이의 말에 그럴 수도 있겠다는 생각이 들었다. 그래도, 못 찾을 거 니까 빨리 가자던 그런 엄마는 이제 아니었다.

"어딘가 하나는 있을 거야."

"그런데 왜 이렇게 안 보이냐고요. 휴."

"잘 보이면 위험하지 않을까? 나비들도 대대로 엄청 연구했을 거잖아. 우린 나비에 대해 잘 모르니까 더 알아보고 다시 찾아보자. 여름에 번데기 시절을 따뜻하게 보내고 나오는 호랑나비도 있대."

이렇게 말하면서 나는 빌었다.

집에서 나비의 우화를 보고 싶은 호기심 많은 아이들, 작지만 위험하기 짝이 없는 기생벌들, 추위에 굶주린 작은 새들의 부리를 피한 영리한 번데기가 이 가시덤불 가장 은밀한 곳에서 잘 버티고 있으시기를.

버텨낸 번데기는 봄이 되면 혹독함에서 깨어나 축축한 작은 날개를 볕에 말릴 것이다. 반들반들 빛나는 탱자 잎 뒷면에 진주 같은 알도 낳을 테고, 그리고 그 알에서 애벌레가 깨어날 것이다. 깨어난 애벌레는 처음엔 보호색이랍시고 새똥 같은 색으로 지내지만, 어느덧 어엿한 초록빛 애벌레가 되겠지. 그렇게 번데기가 되면, 결국은 더 큰 날개를 가진 여름 호랑나비가 될 것이고...

아이는 여전히 뾰족한 가시 사이를 조심스레 살피며 정성을 쏟고 있었다.

이제 점심 먹으러 가자는 나의 말에, 아직 새똥 애벌레 같은 녀석이 웬일로 질척임 없이 주차장으로 뛰어가며 소리쳤다.

"다음에 오면 꼭 번데기 찾아야지!"

미혼모가 또 다른 미혼모에게

이 다 해

"임신 9주 차입니다."

6년 전, 내가 임신했다는 사실을 병원을 가서야 알게 되었다.

그 많은 말 중에 '임신'이라는 한마디만 또렷하게 기억난다.

그저 당황스럽고 어안이 벙벙한 상황이었다.

진료실을 나서면서 안개 같은 혼란스러움에 당황한 기색을 감출 수가 없었다.

"아, 내가 임신이라니..."

그 와중에도 책임감이 느껴져, 아이 아빠를 찾아가 말해보았지만 무의미한 답만 돌아왔다.

기운 빠진 모습으로 집으로 돌아와 마주친 우리 아빠는 나를 달리 대해 주었다.

"축하해, 우리 딸!"

오히려 웃으시며 나를 토닥여 주셨다. 그리고 아빠는 내 눈을 바라보며 말씀하셨다.

"이 아이는 네가 살아가는 데에 있어 많은 힘이 되어줄 테니, 이 아이를 꼭 지켜야만 해."

아빠의 말을 듣자마자 커다란 돌덩이가 내 머리 위로 떨어져 다른 생각은 통 못 하도록 했다. 아빠의 말은 내 정신을 번쩍 차리게도 해주었다.

사실 이 상황을 부정하고만 싶었다. 나는 이혼가정에서 자라온 자녀였기에 또 이 아픔을 내 자녀에게 물려줘야 한다는 생각이 머릿속에서 비켜나질 않았다.

내 학창 시절 한 부모 가정은 손가락질 대상이어서 어디를 가든 소외감이 드는 시간을 보내야만 했다.

게다가 임신 당시 금전적으로 힘든 때였다.

나 혼자 아이를 키워 낼 생각을 하니 눈앞이 마치 불빛 하나 없는 깜깜한 터널 안인 것만 같았다.

눈을 뜨자 덜컥 다가온 현실에 어떠한 말로도 표현할 수 없는 답답함까지 느껴졌다.

어디 가서 당당하게 말할 수 없는 임산부였지만 남편이 있는 척하며 출산 예정일 한 달 전까지 열심히 일하여 출산 비용과 조리원 비용을 벌어냈다.

출산하기로 마음먹은 만큼 그저 꿋꿋하게 버티고 버텨냈다.

출산 전까지 나는 늘 좋은 배우자를 만나 아들 하나, 딸 하나 키우면서 알콩달콩 사는 것을 꿈꿨다.

하지만 지금의 현실은 딱 50%만 지켜낸 셈이다.

막상 아이를 낳고 보니 아이는 너무 이쁘고 소중한데 힘듦은 10배가 넘었다.

하지만 내 아이를 만난 덕분에 이후의 시간은 나를 나답게 살게 해주었다.

나는 내 성격을 잘 몰라 그저 소심한 사람쯤으로 생각했다.

잠도 무진장 많은 데다가 아무리 관심이 있는 일이어도 막상 도전하려면 두려움이 앞서 일을 시작한 뒤에도 쉽게 포기하는 일이 태반이었다.

질리면 자고 싫증이 나면 그만둬 시작은 있으나 끝은 없는 용두사미 꼴이었다.

이러한 내가 엄마라는 역할을 처음 하게 되었지만, 엄마라는 수식어에는 분명한 힘이 있었다. 평범한 여성일 때에는 과거에 얽매이는 성향이 있었다지만 엄마가 되고부터는 과거와 달리 미래는 비록 깜깜해도 잠을 줄여가며 어떤 희망의 빛을 찾아가려는 여행자가 되어가고 있었다.

'이왕 여행하며 앞으로 나아가야 할 인생이라면 내 아이라는 동반자가 있는 여행이 덜 외로운 여행이 될 테니까.'

물론, 한 치 앞을 내다볼 수 있는 상황은 아니지만 지금 당장 걷고 있는 이 길이 저 멀리 보이는 작은 불빛에 의존하며 걷는 길이라 하여도 나는 이 아이와 함께라면 혼자여도 괜찮겠다.

비탈진 길과 한없이 올라가기만 해야 하는 오르막길이라도 살다 보면 '한 번쯤은 나에게도 좋은 일이 오지 않을까?' 이러한 생각으로 마음이 간질간질 설레었다. 그리하여 언젠가는 여행의 종착지에서 V자를 그리며 서있는 능력 있는 여자가 되고 싶었다.

지금 나는, 6년 차 당당한 미혼모이자 한 아이의 다재다능한 엄마가 되어 가고 있다.

지난 6년 동안 혼자 육아한다고, 시간이 없다는 것을 핑계 대고 싶지 않아 잠부터 줄여 나갔다. 나만의 희망을 찾기 시작하면서 작게는 워킹맘을 목적으로 사무직과 관련된 자격증도 취득했고 매출이 크지는 않았지만 6년 차 온라인 판매도 해보았다.

더 안정적이며 꾸준한 생계를 위해서 일과 병행하며 현재는 K 사이버대학교 사회복지학부에 진학 중이다. 조만간 학력에 한 줄 더 추가될 것이다.

또 다른 목표는 아이가 혼자 설 수 있는 성인이 되는 해까지 원하는 것이 있다면 후회가 남지 않도록 힘닿는 데까지 물심양면 지원해 주는 것이다. 지금까지 늘 그래왔듯이 앞으로 남은 14년, 비록 이 아이를 혼자 키우지만 사는 동안 부끄러운 엄마가 되지 않도록 노력할 것이다.

다른 일반 가정의 평범한 여자들과 비교해 본다면 그 쉬운 자유도 못 누리고 외출도 어려워 포기해야 하는 일들이 많았다. 그만큼 그런 것에서 오는 내면의 스트레스도 많았다. 하지만 나름 잘 다스려 가다 보면 언젠가는 잘 되겠지 하는 희망은 늘 품고 있다.

"오늘 하루만! 잘 버텨보자!"

기나긴 목표까지 가는 것이 힘들다고 느껴질 때마다 나는 마음을 굳게 다졌다.

한 달 뒤에 이날을 되돌아본다면 분명 참아온 시간들 덕분에 나는 참나무 한 그루처럼 꼿꼿이 서 있는 나를 발견할 것이다.

나는 이 글을 쓰면서 미혼모를 향한 날카로운 눈빛도, 따사롭거나 동조해달라는 눈빛도 아닌, 그저 부드러운 시선으로 응원을 해주는 사람들이 늘어나길 바랄 뿐이다.

우리는 단지 가족 구성원이 다를 뿐! 그 어떠한 것에도 기준은 없고, 이것이 기준이다! 라는 것 또한 없고 우리가 만드는 것이 답이 될 수 있기에 그저 자신감을 가지고 우리의 소중한 아이를 키워냈으면 좋겠다. 혼자의 몸으로 둘 이상의 몫을 해내는 것이 버겁지만, 우리 아이가 주는 행복감은 그 무엇과도 비교하기 어렵다. 혼자 보육하며, 모든 역할을 소화해 내는 우리는 강한 엄마이자 멋진 여성이다.

아이는 내게 뜬금없이 웃으면서 말했다.
"엄마 사랑해! 엄마 진짜 멋지다."
내 마음의 비타민이 되어주는 아이의 말 덕분에 나도 웃을 수 있다.
아이를 양육하는 시간에 나를 완전히 투자하고 나면 고전분투의 하루가 끝난다.
다음 날 아침 파김치가 되고 무기력해진 나를 종종 발견하기도 하지만 "엄마 힘들어? 그럼 조금 쉬어도 돼. 나는 괜찮아."라며 아이가 도리어 어른처럼 나를 다독여준다.
아이는 변함없이 정해진 규칙안에 하루의 일과대로 잘 생활하고 있다.
하루 일과의 태엽이 다 돌아가 즈음이면 스르르 눈을 감으며 말한다.
"엄마 토닥토닥해줘. 엄마 나 이제 잘게. 내일 아침에 만나."
아이가 잠든 후에 나는 나만의 온전한 시간을 가지려고 노력한다.
'그래, 단 10분이라도 좋아! 길게는 밤을 지새우더라도 다음날 육아에 큰 방해가 되지 않는다면 비록 TV 보고, 만화 보고, 게임하는

시간이어도 괜찮아.'

비록, 삶을 향한 공부, 미래를 향한 공부와 투자가 아니더라도 나에게 나만의 스트레스 해소법과 위로가 필요한 거니까.

그래도 나는 한 아이의 엄마 역할에 가장 충실할 것이다.

아이와 나의 시간들을 잘 병행하는 것이 중요하니까.

아이와의 귀중한 시간들 또한 허투루 보내지 말고 하루하루를 기록해 나갈 것이다.

문득 쉼표를 찍고 뒤를 돌아보았을 때 내가 쌓아온 것들이 그 무엇과도 바꿀 수 없는 시간이 되어 환한 웃음을 보이며 내가 포기하지 않은 아이 내 삶의 소중한 생명이 이후의 시간 나를 더 빛나게 해줄 존재로 믿어 의심치 않으니까.

아이를 포기하지 않아서!

나는 나에게 고맙다.

'혼자 버텨내야 하는 이 긴 시간이 때로는 외롭고 짊어져야 하는 짐의 무게도 무겁지만 혼자여도 괜찮아!'

나는 꿋꿋하게 혼자서 자녀를 키워내는 모든 한부모를 응원한다.

그들 마음속에 자녀라는 씨앗의 희망을 품고 있으니까, 넉넉하게 이겨낼 것이다.

나처럼!

작가소개

김도경
'편안, 안정'이라는 단어보다는 '신남, 도전, 멋짐'이라는 단어에 더 끌리고
그렇게 살고 싶어. 여전히 아이 같은 호기심을 가지고 생각하는 것은
뭐든 행동으로 옮기며 사는 여자예요.

땅 스
아무튼, 어쨌든, 어떠하든 간에 아이를 통해서 성장하고
온전한 홀로서기를 이뤄가는 중이에요.

더한나
엄마로서의 인생만 살다가 이제는 나의 인생을 살기 시작했어요.
많은 것들을 도전 중이지요.

망 고
가끔은 혼자였을 때의 자유로움이 생각날 때도 있지만
그럼에도 아이와 함께 지내온 모든 순간이 행복하였기에 표현해 보고 싶었어요.

박찬희
아이에게 필요한 치료들을 잘 받게 해주고 싶어요.
그리고 저의 삶도 잘 가꾸어 나가고 싶네요.

세 계
아이와 함께 눈 맞추며 매일을 시작하는 평범한 여자예요.
욕심은 많지만 여물지 않아, 늦어도 꼭 도착은 한다는 마음으로 살아요.

수 페
사춘기가 시작된 아이와 함께 읽고 쓰고 이야기하면서
미처 못 큰 마음을 키우고 있어요.

은 서

엄마이기에 도전할 수 있었던 삶에서 사랑을 무기로 총성 없는
전쟁을 하고 있네요. 그 무게만큼이나 성장하는 엄마가 되고 싶어요.

이다해

엄마 역할도 중요하지만, 가끔은 쉼표도 필요해요.
내 삶의 한 면을 작성해 보았고, 글을 통해서 공감과 응원을 전달하고 싶었어요.

이덕분

인생 뭐 별거 있나요? 아이가 주는 사랑을 먹고 사는 엄마면 충분하죠!
책 많이 팔아서 건물 하나 장만하고픈 욕망덩어리!

정나라

때론 냉온탕 오가듯 마음도 일상도 왁자지껄하지만
오늘도 아이와 함께 나는 새로운 꿈을 꾸고 도전하죠.

최 영

아이가 태어나고 하고 싶은 일을 다 하게 되고 꿈을 점차 이루어가고 있어요.
저에겐 돈을 버는 사회생활도 육아도 즐거워요.

풀

가족을 이루고자 했는데 아이만 생기고 둘이서도 행복해졌어요.
예뻐 죽겠는 웬수네요. 가끔 홀로 살 때 누리던 평정심을 되찾고 싶어요.

하리보

잘 키워서 미친 사회로 독립해 보내는 게 그저 목표인 한 아이의 엄마예요.
그동안 엄마가 책도 쓰고 자라는 건 덤이에요.